EX LIBRIS

海德堡语丝

（增订本）

海德堡语丝

（增订本）

金耀基

中华书局

桥下所见白屋是马马克斯·韦伯的故居

人是无法逃避历史的，"过去"与"现在"的边界又是如此地稀薄与模糊！

无论如何，人是发展的，社会是发展的。

人可以斩断"过去"，但不能生活在"历史"中。

海德堡，在韦伯故居所见

目　录

i　　"语丝"的语丝（代序）

i　　自序

1　　重访海德堡

9　　永远的年轻，永远的美丽
　　　——漫谈海德堡与海德堡大学

22　　探秋

27　　踩着沙沙落叶的日子

34　　秋之旅

45　　韦伯·海德堡·社会学

70　　莱茵河的联想

86   柏林的墙

100   萨尔茨堡之冬

111   德国小城闲步闲思

129   附录：最难忘情是山水

149   从剑桥到中大，从文学到社会学
        ——谈文学和大学教育

168   后记：说《剑桥》与《海德堡》"语丝"的知音

"语丝"的语丝（代序）

董桥

一

今日学术多病，病在温情不足。温情藏在两处：一在胸中，一在笔底；胸中温情涵摄于良知之教养里面，笔底温情则孕育在文章的神韵之中。短了这两道血脉，学问再博大，终究跳不出奔奔荡荡的虚境，合了王阳明所说："只做得个沉空守寂，学成一个痴騃汉。"金耀基兄谈德国社会学家韦伯，说他一向要人"像人一样"去应付时代的问题，意思也很浅显，说的还是人心中那一星温情；他听出德国小城的钟声分外悠扬，竟也蓦然忆起剑桥大学圣约翰书院的钟声，忆起华兹华斯的诗："那钟声，一声是男的，一声是女的！"学术处理的是时代中"人"的课题，学者论学不敢动之以情，终致痴骏，泥足虚境，直是自寻短见。

我读金耀基论学论政论人的著述，常会想起程明道的话，相信学者的确须先识仁，笔底一字一句于是浑然与物同体；这不是说做学问先要"满腔子是恻隐之心"，而是说学者要有不虑而知、不学而能的是非之心，然后经纶宰制，文章与天下相驰骋。耀基兄写《剑桥语丝》、写《海德堡语丝》，应的正是这个因果，难怪无意得之却篇篇得意，都成温情所寄的妙品了！

二

Maxime Feifer 写过一本谈观光史的书，提到诺曼底 Mère Poulard 客栈的炒蛋。那天，游客都在客栈饭厅里吃晚饭，突然，大家一窝蜂跑去炉边围观一个年轻厨子炒蛋。她说，厨子的手艺毫无特别之处，只因客栈当年的老板娘以炒蛋出了大名，如今虽然早就过世了，家传炒蛋一样令游客慕名而来。她说，观光客一向自甘给旅游手册牵着鼻子走，客地的寻常景物，终于都蒙上一层神秘的异国情调，祖传秘方变成神话了。耀基兄不是游客，他身在客地，却始终没有堕落成围观炒蛋的观光客。他是个"异乡人"；是个文化香客。游客但求把自己摄进风景明信片的彩色神话之中；"异乡人"则宁可用自己胸中祖国文化的酒杯，去品尝别种文化的神韵。他天天傍晚到海城咖啡馆去，"主要还是贪图个闲静，倒不是故意找那份'独在异乡为异客'的心境；其实，在现代社会，谁又不是'异乡人'呢？"他说。

文化香客进香之余，既可领修典籍，讲社会之学，又可联想翩翩，踩沙沙的落叶。黄公度光绪初年奉使随槎，在日本住了两年，与日本士大夫交游，又讲其书、习其事，写成《日本国志》和《日本杂事诗》，都浑稽博考，卓尔自成一家言，赢得知堂老人佩服他"对于文字语言很有新意见，对于文化政治各事亦大抵皆然"。我读金耀基的《剑桥语丝》，读《海德堡语丝》，都曾无端觉得那是英德两国的一段文化学术史，兼且游览政治社会之今昔风貌，其中温情所寄之处，更十足是一组杂事诗！昔日袁中道论文章得失，至今读来不嫌其旧："不知率尔无意之作，更是神情所寄。往往可传者，托不必传者以传。以不必传者，易于取姿，炙人口而快人目。班马作史，妙得此法。今东坡之可爱者，多其小文小说。其高文大册，人固不深爱也，使尽去之，而独存其高文大册，岂复有坡公哉？"

三

金耀基的高文大册我一一读过，《从传统到现代》、《中国现代化与知识分子》、《中国民主之困局与发展》、《大学之理念》等等，的确都是写得非常漂亮的学术著作："可劝可戒，可喜可愕，可以广见闻，可以证论谬，可以祛疑贰。"可是，作者既受过剑桥 Don 的熏陶，成了"在历史中漫步的人"，当然也就不难欣赏各种性情的书和读书人："你不止在图书馆可以看到傅斯年式的'上穷碧落下黄泉，动手动脚找东西'的那种严肃的执著的读书人；也可以在剑河垂柳下、格兰斯德草野上看到林语堂式的一边看浮云流水、一边抽板烟阅书那种飘逸不泥的读书人。"这样，他既写得出高文大册，也写得出小文小说。

Julian Evans 编过一部纪游短篇小说集，集名叫 *Foreign*

Exchange，收了十个短篇，背景分别是墨西哥、古巴、希腊、诺曼底、科西嘉、所罗门群岛、安普利亚和苏联等。编者在序文里说，写这些纪游短篇故事起因于一种简单的概念：所有纪游之作都有杜撰的小说成分（All travel writing is fiction）；此说虽然夸张，可是，环顾古今中外写游记写得好的作家，大半不是诗人小说家，就是笔底常带温情的散文家，拜伦的 *The Road to Oxiana*，Norman Lewis 的 *A Dragon Apparent*，Patrick Leigh Fermor 的 *Roumeli*，读来都生动如小说；范成大的《桂海虞衡志》自见幽趣，《徐霞客游记》处处是绮丽的联想，杨衒之的《洛阳伽蓝记》冷笔热笔收放自如；至于当代西方小说家如索尔·贝罗、保罗·瑟洛的游记，内地散文家黄裳的《金陵五记》，文学加工之老到，也实在可观。

　　说游记有杜撰的成分，指的想来不是作者向壁虚构，无中生有，而是触景生感的那个"感"字，恰似夏承焘纪游长短句里说的："若能杯水如名淡，应信村茶比酒香。无一语，答秋光，愁边征雁忽成行。中年只有看山感，西北阑干半夕阳！"杜撰的不是"杯水"，是"名淡"；不是

"村茶"，是"酒香"；不是"征雁"，是"愁边"；不是"山"，是"感"。这好像耀基兄在《剑桥语丝》自序里说的，他写这些文章不时有"诗的冲动与联想（我不会吟诗，但在剑桥时，我确有济慈在湖区时的那份'我要学诗'的冲动）"。他的文字刚里带柔，早入了品，绝非偶然！

四

可是，游记写"感"最忌陈烂。张岱《西施山书舍记》说土城以西施得名，是造园者一肚皮学问典故无处着落的明证；匾额如"响屧廊"、"脂粉塘"，门帖如"沼吴伯越"、"锦帆艻罗"，把西施、范大夫句句配合，字字粘捻，见者无不哕噫欲呕！耀基兄的"金体文"掌握分寸最是恰巧，几股浓烈的浪漫情怀，都能忍住了笔以淡远取之。这是本事。

我常想，写文章像造园，要"借"要"用"，但不可伤其天然趣味："后之造园者，见山脚有石，加意搜剔，未免伤筋动骨，遂露出一片顽皮，是则好事者之过也。美人浴起，脱巾露髻故妙，而冠笄贴钿，亦未始不妙。"张宗子短短几句话泄尽天机，不由你不警惕。说到文章的"借"和"用"，在金耀基的两本《语丝》里完全见出造化来。他不讳言落墨之时总会联想起万里外的故国神州，甚至往往不知道笔下多少写的是德国，多少写的是中国："人可以斩断'过去'，但不能不生活在'历史'中"，在艾墨尔的林边，他想起俾斯麦，想起大陆上的"文化大革命"。他写剑桥，感情也始终还是中国的：在阵阵书香的剑桥街头，他看到的是台北重庆南路飘香书城里的王云五；路过剑城古旧的高楼巨厦，枣红杏白的春意之中，他怀疑那是杜工部诗中的锦官，是太白诗中的金陵，是王维乐府中的渭城。

有了中国文学的涵养，他的文字没有病容；有了社会学的修业，他中年的看山之感终于没有掉进奔奔荡荡的虚境里去；有了现代社会异乡人的情怀，则他勇以针对人类的异化输注理性的温情。他在德国圣山的哲人路上见到几个少男少女埋头在满地黄叶中找栗子，依稀记起江南逃难的童年岁月，在田野中剪野菜，在山溪里抓鱼虾，就是没有捡过栗子；于是，他也弯身用树枝在层层残枝败叶丛中，找起栗子来了："时人不识余心乐，将谓偷闲学少年！"这是文学的神韵，是社会学的视野，是文化的倒影，更是历史多情的呢喃，都在金耀基的胸中和笔底。

自　序

十年前（1975—1976）在剑桥待了一整年。我极为中意那个天清地宁、充满灵秀之气的大学城，虽无济慈的诗才，却有他作诗的冲动。我不知不觉写了好几篇抒情写景的散文，后来出了一本《剑桥语丝》的小书。

去年（1985）九月我去了德国的海德堡。我想有个静静读书的环境，特别想了解一下德国研究马克斯·韦伯（Max Weber）的情形。韦伯是现代社会学的宗师，讲社会学离不开韦伯，而韦伯、海德堡、社会学这三者有美妙的关系。海德堡大学就是当年韦伯读过书、教过书的地方。今日海大的社会学研究所是"韦伯学"的一个重要中心。既然德国给了我一个研究访问的机会，我就毫无考虑地选择了海德堡。十年前的五月晚春，我从剑桥曾到过海城小游，不消说，我有过一次"惊艳"的喜悦。这一次在海城刚飘下第一片落叶的初秋，我重临旧地。住下来后，越发感到这个山水之城的妩媚与绮丽。

海德堡与剑桥是两种不同的美，两种不同的灵韵。而海城的秋色，清丽照眼，令人恨不得一手拥抱，只苦没有特纳（Turner）的彩笔，就写起自说自话的散文来了。第一篇甫刊出，《明报月刊》主编董桥兄的限时快函就来了，劝我"多写，多写"。董桥自己写一手好散文，眼高手也高，但他对我这类"小品"似有偏爱，还给它取了"金体文"的雅名。我已忘了邮差先生为他专送了几封限时的快函了。不论短的、长的，都是文情并茂的"劝书"，也差不多是每读完他的来信之后，我就想着下一篇的篇名了。的确，没有他这样一位勤于写信、善于写信的编者朋友的敦促，这本小书是不会问世的。我对这段建立在友谊之上的"文学因缘"是十分珍惜的。诚然，我也感念《联副》和《人间》的编者痖弦、苏伟贞、金恒炜和陈怡真，他（她）们乐意将这些文章发表使我与国内外读者保有了精神的感通。至于这个书名倒是我幼儿润宾自香港来信中不经意提起的，他这样说："读了您在海德堡写的文章，您是否有意再写一部像《剑桥语丝》的书？我在美看过剑桥一书，那时我视之为精神食粮呢！不知书名会否题作海德堡语丝？"就这样，我就决定用《海德堡语丝》。其实，这个书名很恰当，因为这本小书写的不尽是风景，它有对德国的文化、历史、政治的所见、所思。这些不属于"高头讲章"的议论，只是随感式的语丝。尽管书中所写的不限于海德堡，但每个字都是我在海城的尼加河畔和玛兹街两个寄旅的客舍里写的，谓之《海德堡语丝》，不亦宜乎？这样便与《剑桥语丝》成为一对姊妹篇了。而海德堡与剑桥这两个大学小城不原就是一对姊妹城吗？

海德堡这个山水之城的美，德国大诗人歌德、荷尔德林以及浪漫主义的名士早就歌赞不已，英国的特纳更用彩笔画下了他所捕捉到的印象。最妙的是马克·吐温，这位以幽默讽刺著名的美国文豪，常有惊世骇俗的奇笔。他对世界闻名的水都威尼斯竟然会这样说："这可以是一个美丽的城市，假如把它的水都抽干了的话。"但当他在一八七八年抵海德堡时却收起了一切辛辣嘲讽的字汇，竟然发出这般的赞美：

"当你觉得白昼的海德堡——以及它的周围——是美得不可能更美的了（the last possibility of the beautiful），可是在你见到了夜色里的海德堡：像一条下堕的银河，而边界上灿如星群的车轨，那么你就需要一些时间再下判断了。"在我看来，马克·吐温对海城的夜色是夸大了，至少我相信，假如他有缘到香港的山顶，看过维多利亚海港黄昏后珠光钻色的奇景，他就真要落笔小心了。在海德堡时，吐温还与当时在海大读书的哈里斯（Frank Harris），乘木筏，险游尼加河的上游，写了不少真真假假的妙文。据说，这次神秘的木筏之旅的经验，促发了他的幻想力，使他日后写出了《哈克贝利·费恩历险记》（*Huckleberry Finn*）的传世之作。

马克·吐温不只赞海德堡，当他在德国北方初于汉堡上岸之际，已经爱上了这个国家。在法兰克福他致友人的信中说："这片土地真是个乐园，多么清洁的衣衫，多么美好的面孔，多么安详的满足，多么繁荣，多么自由，多么了不起的政府。"吐温走到哪里，都称赞德人的干净，德人的有礼。他特别觉得德国出名的六寸厚的"羽毛被"，最为精彩。在他眼中，甚至连德国一种叫 Maikafer 的金甲虫比美国的金甲虫（Junebug）也要"优越"。（据我了解，他好像只抱怨过德文，认为那是一种"可怕的语文"！）我不知 Maikafer 是否比 Junebug 优越，也许它们根本是不同属类的昆虫，说不上谁优越不优越，不过，我在玛兹街睡的还是吐温所说的那种六寸厚的"羽毛被"，又轻又软，的确是精彩。至于吐温说德人爱干净、有礼数，也确是不算夸张。而这印象，决不是从二次大战后好莱坞所制的影片中所能得到的。当然，德国也不是《镜花缘》中的君子国。我在南部乌尔姆（Ulm）时，就见过一个蛮不讲礼、毫无文明的无赖汉，在他身上只会令人忆起纳粹的丑恶。一百多年后的今天，德国问题多多，已不是吐温口中的"乐园"，其实，地上哪有乐园？不过，战后的德国在一片战火灰烬中迅速复兴，到处见到文化的活力、自由的精神，确是一只劫火重生的火凤凰！

在海德堡近四个月，德国友人说，海德堡太美，太浪漫，不能代表德国，我就以海城为基地，作了几次旅行。莱茵河之旅，不只欣赏到这条象征德国的历史之河的风光，更在莱茵河畔，看到波恩国会中民主运作的美景。柏林之旅，当然不能不看那道墙。由那道墙，想到柏林的阉割、德国的分裂，以是，也想到二次大战，想到吹胀起来似巨人，胀破了原来是个小丑的希特勒。而由希特勒建造第三帝国的疯狂之梦，不能不联想到创造第二帝国的俾斯麦。真妙，在弗里德里斯鲁这个铁血宰相的故居，竟然看不到半个人影。这一代的德国人在想些什么？我不太清楚，但我知道他们对第三帝国的凶行败德感到罪羞，他们要隔断"政治的过去"。他们所喜爱的是自由，平平凡凡的自由，不再是那些吹嘘大日耳曼的政治符号和价值。在德国之旅中，给我强烈印象的不只是德人对"政治的过去"的冷漠，也是他们对"文化的过去"的热爱。在积极的现代化过程中，德人还紧紧地拥抱着传统。歌德、席勒、海涅、贝多芬、巴赫、瓦格纳、丢勒（A. Dürer）依然亲切地活在他们的心中，不论走到哪里，都感到传统的存在。真的，在我闲步走过的德国小城，特别是那些古老的大学城，最使人欢然有喜的便是"传统"与"现代"细针密缝的有机结合了。我在给董桥的信上说："我就是喜欢这种现代与传统结合在一起的地方：有历史的通道，就不会飘浮；有时代的气息，则知道你站在那里了！"

在海德堡，一直沉醉在秋山秋树秋水里，四季中，我最爱秋，在海城，过的是"踩着沙沙落叶的日子"，清冷中自有雅趣。在探尽海城之秋后，我曾有巴黎—日内瓦—弗莱堡的"秋之旅"。秋太玲珑，太脆弱，来时匆匆，去时匆匆。追秋的脚步到日内瓦时，竟遇到了瑞士的初雪！说到雪景，我最难忘的自然是仙气逼人的莫扎特故乡"萨尔茨堡之冬"了。

每次从外地旅行回到海城的居处，就有"异乡人"返"家"的快乐。在悠悠的钟声中，把我的所见、所思写成一篇篇的"语丝"，真的，我记不起有哪一次没有听到古堡传来中古的钟声！

海德堡大学六百周年的第一个月的十二日黄昏，我离开了这浪漫的山水之城。没有说"别了"，我还没有看尽它的美呢！其实，这个"永远年轻、永远美丽"的古城之美又怎能看得尽呢？特别是我二度海德堡之游中，都未曾见到马克·吐温所说"欧洲一景"的古堡烟火。是的，一九八五年的除夕，在玛兹街三楼房东汉娜与霍夫冈的家里，倒也看到了海城万家齐放烟火、爆竹的好景致。那夜，不知开了几支香槟，不知喝了几瓶"巴登"（Baden）的美酒，还不到七分醉意的欢愉气氛里，大家祝祷和平，并彼此深深祝福。在这个世界，谁能不需要一点祝福呢？

在海德堡时间不算久，但这个古大学城给予我的比预想的多得多，一百多个宁谧的日子，不只让我有时间静静读书研究，还真正让我有机会静静地思考。尽管这是我第二度到德国，但却是我第一次"发现"德国。这里收集的一篇篇语丝就是我捕捉的一鳞半爪的印象。诚然，这些印象都是主观的，浮光掠影式的，我绝不敢说我了解德国。托马斯·曼（Thomas Mann）说德人是真正匪夷所思的（Problematices），我实在看不透许多谜样的事象。最妙的是我写的都是德国的所见所思；但落墨之时，总不知不觉会联想起万里外的故国神州。有时，连自己都不知笔下多少写的是德国，多少写的是中国。中国越远，就越会想起中国，文化的中国，山水的中国！我在整理《海德堡语丝》出版的文稿时，不由地把神州之游的《最难忘情是山水》一文收录在内，作为附篇。

一九八六年四月二十日于香港

重访海德堡

　　我又回到海德堡了，我有重晤故人的喜悦，海城依然是那副浪漫的气质，而新秋时节，她似乎更妩媚了。

　　九年前的五月初夏曾从剑桥到此小游，即使已习惯了剑桥的美，我仍然为海德堡的美所眩惑，后来才知道这两个大学城还是一对姊妹城呢！哪个更美？我不想答，也答不来。她们是两种不同的美，是两种不同的完整的存在，当时仅仅四天的盘桓，却留下长永的回忆。今年八月卸却了新亚书院的行政担子，我最想做的是静静地读些书，特别是社会学家韦伯（Max Weber）的著作，几十年来，西方诠释他的书已多得足可装满一个小型图书馆了。因了德国政府给了我一个研究访问的机会，我就毫无考虑地决定到海德堡。不只是我对海城怀念，海德堡大学也无疑是"韦伯学"的一个重要中心，毕竟海大是韦伯读过书、教过书的母校，而他的传世著作就是在海城尼加河畔的那所屋子里写的。

九月二十五日，新加坡航机降落在法兰克福机场，从机场海关出来时，那亲切的挥手给予我格外的惊喜。想不到李普秀（R. Lepsius）教授还是来了，我再三表示自己会坐火车去海德堡的。就是他上次驾车把我从曼汉大学送到海德堡的，就是他带我去看了韦伯的故居的。一别经年，丰采依然，那带有德国腔的漂亮英语仍是铿锵有声。我已是半百之年，李普秀教授更是满头银丝了。李普秀是前德国社会学会会长，一九八一年他从曼汉大学转到海德堡大学的社会学研究所。他与所里的同事施洛克德（W. Schluchter）教授都是《韦伯全集》编纂会的编辑人。从法兰克福到海德堡，在高速路上，风驰电掣，不消一小时就到了。李普秀教授开快车的那份潇洒，使我忘了二十小时的旅途怠倦，却使我想起（香港——编注）中文大学的郑德坤教授来。

　　最令我称心的是，海大社会学研究所就在海德堡"老城"的中心，坐落在尚达巷（Sandgerse）。后面是藏书二百二十万册的粉红色巨石砌成的大图书馆和朴素的十五世纪的圣彼得教堂。左边就是见了不能不想多站一会儿的"大学广场"。但凭一己之信念与罗马教廷争抗，只手推开宗教改革的马丁·路德就在广场的"狮井"旁主持过一场波涛汹涌的辩论，那是十六世纪初叶的事了。讲起宗教来，就不能不讲政治，海城几百年来都是日耳曼的一个政教中心。事实上，一直是神圣罗马帝国帕拉丁（Platine）领地的首都（虽为领地，但对内行使王权），所以城虽不大，却有王者气象。海城是政教重镇，风光诚风光矣，但却也不知吃了多少政教纷争的灾难，一场三十年（1618—1648）的宗教战争，海城就几乎成为鬼魅世界。十七世纪末叶，帕拉丁与法王路易十四的冲突，海城就一度被法军残酷地夷为平地，今日的海德堡"老城"可说是十七世纪在灰烬中重建的。大学广场上著名的巴洛克式的"大学老厦"（Old University Building）就是这个时期的建筑。海德堡大学自一三八八年诞生以来，她的命运与海城的政教史就结下不解缘。其实，海大就是帕拉丁"明君"卢柏特（Ruprecht）在七十七岁时创立的。所以大学也以他及十九世纪另一位大学恩人卡尔大公（Grand Duke Karl）为名。海大的历史一时说不清，以后有暇再谈吧。

向南走几步，出了幽静狭隘的尚达小巷，就进入目不暇给、洋溢着旅游者笑语不辍的浩朴街（Haupstresse）了。不知是谁的好主意，这条街在一九七八年改为行人专用道了。浩朴街长一公里有奇，是德国最长的行人街。尽管慢慢地踱方步，尽管优哉游哉欣赏两旁看不尽的橱窗，你都无须惊怕市虎（意指行于市区的汽车——编注）伤人。累了，就在露天咖啡座坐坐，假如喜欢喝杯莱茵河的葡萄美酒或者德国最称独擅的啤酒，那么随处都有小酒肆。要想更多些情调么？大白天都有点着烛光的酒座呢。我从未见过一条街上有这么多有品味的咖啡座、酒肆、花店、书店和餐馆。都是小小的，都是坐了就舍不得走的那种，讲豪华，绝非香港、台北之比，讲气氛则浩朴街的合心意多了，至少进去没有口袋应付不了的恐惧。说到餐馆的口味，尽管没有我中意的四川菜，但还是很国际化的。施洛克德教授邀我午餐的就是一家希腊馆子，桌椅老得像古希腊的遗物，施洛克德是近十几年声誉鹊起的韦伯学专家，他的德文著作我无法看。他的《韦伯的历史观》（*Max Weber's Vision of History*）（与 G. Roth 合著）及《西方理性主义之兴起》（*The Rise of Western Rationalism*）二本英文著作（皆为卢特所译），则细致深透，文理密察，在在都显出创见与功力。他目前也是加州大学柏克莱校区的教授，美国上一辈的韦伯学学者，如帕森斯（T. Parsons）、班迪克斯（R. Bendix）、葛思（G. H. Gerth）、纳尔逊（B. Nelson）等，或已死，或已老去；施洛克德正是乘时而起的表表者之一，在海城希腊小馆子里谈韦伯的学说，实在是很有意思的经验。

浩朴街上，有许多广场和建筑，充满了历史与传统的魅力，嘉洛斯广场（Karlsplatz）附近的 Palais Boisseree 的居屋，曾是歌德于一八一四年及一八一五年两度做客的地方，歌德是专诚来欣赏主人收藏的古画的。它东北角上的两个酒肆，色柏（Seppl）与红牛（Roter Ochsen）墙上挂满的是海大昔时学生的照片，桌子椅子尽是学生哥、学生姊密密麻麻的刻字。在海大攻读教育博士学位的谢立诠兄诚意邀我在"色柏"喝了一大杯啤酒，我当时下意识地想寻找韦伯的痕迹，因为他在海大读书时，也喜欢喝酒、狂歌和搞决斗的玩意，希望在脸上留点疤痕的调调儿。

从"嘉洛斯广场"转几步就是"市墟广场"（Markplatz），一周两次，摆满了水果、蔬菜、鲜花和土产的摊位。市墟广场正中矗立着的是"赫克里斯井"，旁边的市政厅，雍容优雅，已近二百年的历史了。当然，广场上最抢眼的是"圣灵大教堂"了，这是十五世纪初叶以来，几经修建的哥特式的粉红色巨大建筑。大学的仪典有时在此举行，莫扎特六岁时还在这里演奏过呢！

海城没有大博物馆，但浩朴街上"高弗兹"博物馆中那个六十万年前的"海德堡人"的下颚骨就值得一看。这是迄今地下发现最早的欧洲史前人。当然，我不能不想起我们更早的"北京人"来。对了，他（她?）老人家现在何处？

重访海城，不能不重访古堡。古堡是海城之美的化身，从研究室出来，绕过海大图书馆，一抬头，半山上那个庞大残缺的粉红色古堡就直接照面了。再绕过几条巷子，再一步步攀上又斜又长，对脚力是严峻考验的石砖路，到了古堡，稍喘口气，再穿过几个门，就进入古堡的中庭了。站在庭中央，你就被一座座巨大的粉红色的建筑包围了。所谓古堡，当然有军事性城堡，但古堡里面却是六百多年来历代帕拉丁统治者所建的宫宇，这些宫宇不只反映了历代王君大公的品味，也反映了不同时代的建筑风格。我还是最喜欢"奥多汉尼克宫"，这是德国文艺复兴式顶尖的建筑，但如今只剩下大建筑的一片巨大的正面墙了。即使是一片残墙，仍然有逼人的炫美。墙上所雕《旧约》的耶和华、赫克利斯及台维三像，栩栩欲生，不能不许为雕刻中的"神品"。而墙顶上站立的日月二神，更是形象飞扬，飘举欲仙。歌德把建筑喻为"硬性的音乐"，古堡的一座座建筑，就好像一曲曲音乐，美则美矣，却不免都有些悲壮残缺的节奏。在夕阳残照下，坐在中庭的石凳上，静听残堡奏出那组硬性的、残断的乐曲，谁能无一丝人事难圆、古今兴亡的喟叹?!

海德堡是历史的名城，不只在欧洲政教史中扮演了重要角色，在欧洲文化史上也有她辉煌的一页。十九世纪德国文学的浪漫主义继古典主义兴起。古典主义重知性，以希腊为模型；浪漫主义则标举情感，崇尚人性自然之善，而以中古为向慕之对象。一八一○年，凯兰勃（Greimberg）云游到海城，一见古堡，惊为天物，便尽力抢修，故得以残而不废，呈现了罕见的残缺之美，而古堡之所以让凯兰勃倾心，正因古堡为中古精神之象征耳。布伦塔诺（Brentano）、阿尔尼姆（Arnim）等一批浪漫派诗人、画家也云集海城，他们发掘德国古代的民谣，焕发对自然与历史之爱，他二人合编的《儿童的魔笛》即是一部推动德国浪漫主义与民族主义的传世之作。就读海大的爱欣朵夫（Eichendorff）即受《儿童的魔笛》的影响，谱写了百口传诵的诗歌。当然海德堡的浪漫主义在学生生活中更显示了特有的姿彩。海大之子薛非尔（Scheffel）热爱海城，最爱在横跨尼加河（Necker）的"古桥"（Old Bridge）旁的啤酒花园与好友饮酒赋歌，他的《可爱的古老的海德堡》热情洋溢地赞美这个古城，并让古堡中日进斗酒的侏儒白尔柯（Perkeo）在笔下赋予永生，成为海大学生宠爱的小人物。到了一八九九年，梅逸—佛斯特（Meyer-Forster）所撰《古老的海德堡》一剧，描写一个王子在海大读书，爱上了一位酒肆少女，但终因社会身份之异殊，含恨分手。这个爱怨悱恻的浪漫剧，到了二十世纪，又经奥地利的罗姆伯格（Romberg）谱为歌剧，名为《海德堡的学生王子》，在美国百老汇久演不衰，不知感动了天下多少男男女女，而海德堡这个浪漫的大学城更在新大陆家喻户晓了。二次大战时，德国城市几无不在美军地毯式轰炸下化为残垣，但独独海德堡得以全保，未损毫发，此岂偶然哉？

海德堡是一山城，但尼加河穿流而过减杀了它的阳刚性格，所以也是一灵韵摇动的山水之乡。尼加河上流两边，山谷幽幽，红屋遍山，自海城船游一小时，便有一称"尼加西坦纳"（Neekarsteinach）的"四堡之城"，不论船上看，岸上看，都是醉人的景色，说到醉人的景色，我住处附近的老城尼加河对岸的大草坪，也有景不醉人人自醉的风光。九月末梢的海城，秋色未浓，太阳还是暖烘烘的，那大草坪便是海城男女晒日光浴的绝佳之处了。只要你不"非礼勿视"，你就随处可见三点式的健美少女，有的豪放女，还是上空的，更有超级的豪放男，甚至袒陈裸裼呢！几乎没有例外的，或坐或卧，他（她）们一定不是一卷在手，就是书展草上，神情专一，旁若无人。这一幕带有"书卷气"的无边景色，在剑桥的剑河河畔是欣赏不到的，也是我九年前海德堡之行所未见到的，这应该是这浪漫古城之现代的浪漫新貌了！

海德堡的美丽，在浪漫主义的名士的诗篇中早已一再地歌咏了，薛非尔这样写道：

古老的海德堡，汝美丽之城，充满荣耀，在尼加或在莱茵，无一是汝之比！

永远的年轻，永远的美丽
——漫谈海德堡与海德堡大学

一别九年，在刚飘下第一片落叶的九月，我又重返这浪漫的山水之城。

"永远的年轻，永远的美丽。"不知是哪位诗人说的，今天的人都会拿这两句话来赞美海德堡了。

美丽是很难争辩的，一连串的德国浪漫派名士，像布伦塔诺（Brentano）、阿尔尼姆（Arnim）、爱欣朵夫（Eichendorff），还有高标自学的大诗人荷尔德林（Hölderlin）、让·保罗（Jean Paul）都会用彩笔歌咏海城的美丽。即使惯于挖苦的马克·吐温，当他云游到此，也只是有赞无弹，许为欧洲最美的城市之一。真的，你如站在"圣山"之腰的"哲人路"（Philosophenweg）向下俯视，特别是初秋的煦阳下，对于那呈现在眼前的一大片、一个接一个的粉红屋顶组成的古屋群，再加上那横跨墨绿绿的尼加河的粉红色"古桥",尤其那亭峙岳立在半山的残缺的粉红色古堡,你不能不为这疑真似幻的景象发出由衷的赞叹。无怪乎海城有"浪漫之城"的称号,无怪乎海城素来被描写为一个叫人"失魂之城"了!

"年轻","永远的年轻",这怎么说呢?至少第一次提到海德堡的记载是一一九六年的事,也已经近八百年了。至于罗马人在公元前八十年在尼加河北岸屯军,也是有史可稽的。再早些,海德堡"老城"对面的"圣山"在公元前四百年,凯尔特人(Celt)就聚族而居了。当然,更毋须提考古学家发现的"海德堡人"了,那已证实约在六十万年前了。说实在,海德堡老得很,它的相貌又古典又老趣。在老城里,除了一条"传统"与"现代"细针密缝在一起的浩朴街,都是小巷子,小巷之外,还有一些只有两个小个子勉强比肩可行的迷你小巷。这是十足的中古小城的格局,我过去只在英国的剑桥和约克才见过更玲珑的巷子。但是,古老的海德堡也的确给人"永远的年轻"的感受。这不只是由于她朝气蓬勃的无烟工业(每年世界各地来观赏古堡的,有三百万人的惊人数目),而是因了海德堡大学的存在!大学是唯一永远不会老的机构,每年有一大群的青年离去,又有一大群更年轻的青年进来。海大已五百九十九岁了,但那是年轻约五百九十九岁。海大的长永青春，使海城长永不老！

九月二十八日，海城欢祝秋之来临，一公里长的浩朴街上的酒香和音乐，飘荡在"圣山"之麓，"尼加"之畔，散发的是一片年轻的气息。

海德堡大学的五百九十九年的历史却不是一直那么自由、开放与欢乐的。海大成长的历程与海城的曲折历史是无法分开的。有欢乐的辰光，也有悲惨黑暗的时刻；事实上，他的基调是很悲凉的。

海大于一三八六年诞生。她是神圣罗马帝国的帕拉丁主权国大诸侯卢柏特（Ruprecht）所创的。在史家的笔下，卢柏特是一位颇可称道的"明君"。在史派亚、斯特拉斯堡这些城市起来反抗他时，他对那些反对者固然显示了毫无怜悯的杀戮，但他却懂得容忍的重要。当瘟疫从意大利传到德国时，南部的弗莱堡、巴刹的德国人就以犹太人为代罪羔羊，指他们在井里、溪流放毒，犹太人无辜地被杀、受酷刑。卢柏特则挺身为他们说话，并提供保护，很多犹太人都逃到海城避难。不过，卢柏特真正为后人追念的还是他七十七岁时创办了海德堡大学。

由海德堡大学创立这件事，又不能不说中古世界的政教怪局了。一三七八年，意大利的红衣主教选了乌尔班六世（urban

Ⅵ）为教皇；讵知法国不服，又选了法人克莱蒙七世（Clement Ⅶ）做自己的教皇。两个教皇不啻是天出了两个太阳！这真是中古宗教世界的大地震、大分裂。这个大分裂象征了民族主义或者政治压倒了宗教。当时在巴黎大学执教和读书的德国人是效忠罗马的，自然不得不大批从巴黎大学撤出。须知中古时期巴黎大学是一宗教性的机构，学术是附属于宗教的，根本没有学术独立这回事。这批教授与学生的大回流，乃是卢柏特创设海大的客观环境。海大的结构仍照巴黎大学的模型，分四学部：即神学、法律、医学和文学。当然，大学亦是教会的机构，校长与教师是清一色的教会人士。教学语言跟欧洲所有的中古大学一样，都是拉丁文，拉丁文是当时的国际语言。要到一百年之后，结过婚的世俗人始准在大学执教鞭。

大学自呱呱坠地以来，她的命运，好好坏坏，与主政海城的王公诸侯的偏好，特别是他们的宗教信仰息息相关。六百年来，转折之多，苦难之多，一言难尽。卢柏特的儿子，卢柏特二世，热衷于欧洲政治，他还用权术使自己选上了神圣罗马帝国的皇帝，不过，他对海大的唯一贡献恐怕是重建那座矗立在"市墟广场"上的哥特式的"圣灵大教堂"了。当然，别忘了，大学就是一宗教组织呀！这个大教堂之建立是在宗教危机白热化的时候，天主教的整个结构已经摇摇欲倒，当时不只两个教皇分庭抗礼，第三个教皇，约翰二十三也出笼了。宗教宇宙几乎要演欧洲版的《三国演义》了。这个大教堂的出现多少给天主教一些精神支持。

海大的发展，比较值得一述的，要等到弗里德里希（Friedrich）主政海城之时。尽管海城市民对弗里德里希很欢迎，但海大学生却颇不欢迎，因为他是第一个大诸侯要求学生做效忠宣誓的。还好，当时没有出现"市镇"（town）与"学袍"（gown）之斗，这在牛津、剑桥历史上是司空见惯的。弗里德里希是个军人，学术不是他的兴趣，不过，他对时代思潮倒是颇感应的。是他首先把人文主义的学者请来海德堡的，海大的教师虽然竭力抵制，但人文主义的思潮毕竟当令了。人文主义标举人之精神，反抗神本位的中古教条，人在宇宙中取得了新的位序。在海大，人文学取代了烦琐哲学，开始对教义的怀疑与挑战，大学的气氛大大地活跃起来了。

此后，海大的路向与马丁·路德的宗教改革就血肉相连了。但不幸，亦以此，大学与教派的斗争也如响斯应，搞得昏天黑地，了无宁日。

路德是维特堡大学的神学教授，是一个有强烈良心感的人，最厌恶教会与教士的虚伪矫饰。一五一七年，教士坦兹尔（Tetzel）为罗马修建教堂，来德国募款。他的口号是："当银币跌落募款箱的声一响，捐款人的灵魂就直上天堂了。"路德对这种"向钱看"的广告商气味怒不可遏。他斩钉截铁地指出教会做"善工"不能救人之灵魂，只有真诚的信仰才能得救。在上帝与人之间不需要中间人。在当时，这当然是个石破天惊的言论。未久，路德来了海城，在大学广场主持了一次论辩。路德一定是滔滔雄辩，令人动容的，至少海城王君的弟弟就邀他到古堡里去晚宴了。

到一五四四年，宗教改革的力量正式进入海大，路德教派的仪式就在圣灵大教堂举行了。到了奥多汉尼克（Ottheirch）手上，海城从天主教完全转到路德教。这位帕拉丁主权国的大诸侯不但为海城带来了新宗教，他也在古堡里建了一座美轮美奂的文艺复兴式的宫宇，并开始建立帕拉丁图书馆（欧洲最佳之一）。对海大来说，最可称道的还是他把上帝与恺撒的事清楚地分开来。海大一夜之间成为一世俗性的机构，批判之风因之兴起，大学因之得以容忍不同的思想与理论，一个雏形的现代大学于焉出世。

奥多汉尼克无子嗣，他的继承者弗里德里希三世又带来了新变化。他完全扬弃了路德教义，转向禁欲式的加尔文教义。加尔文教义比天主教教义与路德教义更重精神性。弗里德里希取笑弥撒中领圣体一套是"面包上帝"，认为是完全否定了基督受难与牺牲。他更排斥一切宗教艺术的装饰。在他统领下，海城成为加尔文教的大本营，被称为是"日耳曼的日内瓦"——基督教徒的避难天堂。全欧最好的加尔文教的教授与学生都闻风而至。但"好"景不常（好坏要看你从哪个角度看），弗里德里希之子路德维希（Ludwig）接位后，又转回到路德教义，海大的加尔文教派教师只好收拾行装走路。殊不知路德维希一死，他弟弟嘉西梅（Gasimir）当权，整个大学又大换班；这次则轮到路德教派的教师执包裹了。嘉西梅对加尔文教信得有点狂热，为了逼他妻子从路德教转奉加尔文教，不惜杀他的妻子的亲信，搞得她不得不放弃自己的信仰，但改信后不久就命归黄泉了！西方人在宗教上，实在有些走火入魔，比之中国的"莫问三教异同，但辨人禽两路"的态度，不可同日而语。在欧洲，宗教的苦难到"三十年战争"时更大大升级了。

一六一八年，天主教与基督教的战争的序幕揭开了。海城所属的帕拉丁是基督教联盟的领袖，天主教同盟则由德国另一个"巴伐利亚"国带头，双方都与欧洲当时的大国结盟。其实当时德国基本上是一基督教国家，这个战争实在是基督教里面路德教与加尔文教的内讧，最不可思议的是"帕拉丁"与"巴伐利亚"的领袖都属于一个家族！战争不到四年，海城失陷，大学当然遭殃，加尔文教的教授一个个被放逐，而当时欧洲最佳之一的帕拉丁图书馆的藏书也都被送到了罗马。一六四八年战争结束，德国也差不多已经变了面目，四分之一的人口死亡，三分之一的耕地荒芜。海德堡的人口从战前的五千五百降到五百人，大街小巷已是鬼蜮世界，而大学也是弦歌声断，不见师生踪影了。

海大得以重新看到莘莘学子走进大门，主要是靠帕拉丁新主人翁嘉尔·鲁维，他固然在经济上使海城复苏，更对海大采取容忍的态度。他下令大学教师毋须宣誓其信仰，除神学院外，天主教徒也可以讲学，他并礼聘荷兰的斯宾诺莎来校执教，只是这位大哲却无意于黉宫的生涯。应该说的是，今天我们见到的海德堡这个城、这个大学的底子却是十七世纪末叶的威尔欣姆大诸侯的重建计划奠定的，建筑的主调是在哥特式结构的基础上加上巴洛克式的上层。

海城与海大的坎坷命运并未随"三十年战争"之结束而结束。细小的动乱不去讲了，一七八九年法国大革命爆发，欧洲的一些君王大大震动，普鲁士与奥地利这两个德国最强大的国家决定联手支持法国王室，以此，在地理上居欧洲中心地带的海城又不得安宁了。一七九九年，法军占领海城，而此时法国已非人民当家，拿破仑事实上是法国和德国的统治者了。在新的条约下，海城不再是帕拉丁的首都，而降为巴登（Baden）的一个普通城市了。所幸巴登的卡尔大公对海大特别青睐，当大学财政濒于崩溃时，他大力加以支持，并且为海大礼聘名师宿儒，其中萨维尼（Von Savigny）就是一位大法学家。海大希望因是又告回升。除了卢柏特创立之功外，卡尔大公可算是海大的大恩公了，所以大学乃以他二人之名为名——Ruperto-Carol。不过，有多少人晓得卢柏特—卡洛就是海德堡大学，我就不知了。

在卡尔大公的翼护下，海城海大都大有可观。萨凡尼的内弟布伦塔诺（Brentano）是一位浪漫主义的大师，他与阿尔尼姆等一批文士诗人都云集海城，尽力发掘日耳曼的民谣与绘画，掀起反古典主义的浪潮，主张回归中古，歌颂乡土之爱与民族之情。海德堡遂成为浪漫主义的重镇。不但象征中古久已芜毁的古堡，在凯兰勃（Greimberg）伯爵手中重新获得美的新生，而此后在薛非尔（Scheffel），梅逸—佛斯特（Meyer-Foster）等人的妙笔下更刻绘了海德堡学生生活的浪漫情调。《海德堡的学生王子》的歌剧与电影则使海德堡的浪漫形象远飏四海。

海城与海大的故事当然没有完，因为它们与欧洲的历史是不能割开的。当拿破仑称雄德国时，有些德国人是欢迎的，因为拿翁扫除了古老的封建制，并引进了新的社会自由，但他越来越专制，德国并没有获得期待的政治自由。而毕竟他又是"非我族类"的外国人，所以后来奥地利与普鲁士联手，结合英、俄，还是把拿翁驱逐出莱茵河了。在维也纳会议中，日耳曼的王室又告恢复；当时日耳曼有三十九个"国家"，虽称是邦联，还是各自割据称雄的局面，真有些像中国的春秋战国。奥地利的梅特涅当时的名言是："意大利是一地理名词，日耳曼则是一抽象的概念。"日耳曼企求统一的愿望不是没有，一八四八年一批自由派人士在法兰克福召集会议，草拟宪法，目的就是想有一巴力门式（Parliament）的民主统一的德国，而召开这个会议的建议就是在海德堡提出的。当然，我们知道这个愿望是黄粱一梦，德国的统一之梦到一八六二年在普鲁士铁血宰相俾斯麦手中才实现，从那时起海城享受了一段平安繁荣的日子，海大也得以一步步扩大，并赢得了世界性的声誉。到了二十世纪初叶，海大已成为德国最自由、最国际性的学府，在尼加河畔可以看到不同种族、国家与宗教、政治信念的学人与学生。对我来说，最有兴趣的是大社会学家韦伯在海德堡的情形。他是一八八二年进海大读法律的，一八九六年他继凯尼士（K. Knies）出任海大经济学教授（当时尚无社会学教授），翌年即为病魔所扰，此后数年几乎靠旅行养病，无法教书，一九〇三年起在海大担任荣誉教授。这时，韦伯虽不讲学，但研究写作则无时或辍，他继承的一笔遗产更使他不需要为稻粱谋。从一九〇六到一九一〇年间，每个星期天他的尼加河畔的居所，称得上是高朋满座，群贤毕至；当时围绕着这位主人的都是学术文化界的名士新秀。除他弟弟阿佛特外，他的海大同事有文德尔班（W. Windelband）、耶聂克（G. Jellinek）、特勒尔奇（E. Troeltsch）、厉克特（H. Rickert）等，从外地来拜访他的有松巴特（W. Sombart）、米歇尔（R. Michels）、滕尼斯（F. F. Tönnies）、西美尔（G. Simmel），年轻一辈的有亨宁汉（P. Honigsheine）、卢温斯坦（K. Lowenstein）、卢卡契（G. Lukács）雅斯贝尔斯（K. Jaspers）。此外还有政治人物如纽曼（F. Newmann）、胡斯（T. Heuss，后为德总统）、诗人格奥尔格（S. George）等，真可说星光灿熠，目为之眩，这个以韦伯为中心的人物圈后来被称为韦伯圈（Weber-circle）。别的不论，单就社会学来说，韦伯圈显然是当时世界最重要的知识分子圈子了。美国大社会学家帕森斯（T. Parsons）于一九二五年来海大研读博士学位，韦伯虽已于五年前入土，但帕森斯还是感到韦伯圈的影响力。

从韦伯圈我们就可以想像当时海大是何等的光景了。即使一次大战后，在希特勒未得势前，海大仍然风光不减，在自然科学上尤其贡献卓著。一九三一年，由于美国人对海大的喜爱与敬仰，在驻德大使舒曼的策动下，捐款建筑了今日在大学广场上的那座巍巍然的白色大厦。

海城久已为一自由主义的中心，海大久已为一自由开放的学府，但一九三三年纳粹的力量伸展进来了，纳粹党在选举中取得了百分之四十以上的选票。纳粹的得势，带来了人类的浩劫。有人说德国是出巨人的国家（歌德、康德、贝多芬、爱因斯坦），也是出魔术师的地方。希特勒无疑是最大的魔术师，这个魔术师使德国蒙羞，当然也使海大蒙羞。当时，海大全部纳粹化，教授学生一律穿制服，教授如不走纳粹路线，不是被逐，就只好乘桴浮于海，自我放逐了，教授的空缺就由"歌德派"的填上，有一位教授还莫名其妙地宣扬"雅利安物理学"呢！种族主义、民族主义、爱国主义在狂热的迷火下扭曲到这样可悲可笑的程度，余欲无言矣。

二次大战中，德国城市鲜有不受战火重大创伤的，但独独海德堡未遭一枪一弹，有人说是《海德堡学生王子》救了海城，是耶？非耶？迄今史家未有确切的答案，无论如何，一九四五年，在科学家鲍厄（K. H. Bauer）、哲学家雅斯贝尔斯（K. Jaspers）的折冲樽俎下，大学重开了。由于海大底子厚，很快又重新建立起世界声誉，毕竟在二十世纪她就出了七位诺贝尔奖的得主。而今日各科都有可观的成就，当代诠释学大师伽达默尔（Gadamer），虽已八十高龄，还是生龙活虎退而未休呢！

　　海大从十月起就展开了一系列活动，庆祝明年的六百岁生辰了。海大在回顾六百年的历史时，她固然会缅怀过去的荣光，但更应庆幸今日已从宗教、政治的无知、偏执与狂热造成的灾难中走出来了。今日海大是一开放、自由与学术独立的国际性学府。一三八六年十月十八日为志念海大的创立，在原有的圣灵教堂举行首次弥撒时，只有三位老师、几个学生，而今海大已是二万七千学生的大学府了。二万七千个莘莘学子，在教室、在图书馆、在"浩朴"街上、在尼加河畔、在海城的每个角落，他（她）们是海城的活力和声音，他（她）们使这个美丽的山水之城，洋溢着青春的跃动。

　　"永远的年轻，永远的美丽。"诗人这样的讴歌海德堡，谁曰不宜？

探秋

在海德堡，对秋的第一次惊艳，还是十月二十七日海大施洛克德教授请我去他尼加格梦（Neckargemund）的家里晚餐的那个下午。车一出海城，远山近树，一大片一大片的金黄红紫，照眼的艳丽，迎面逼来，在古城的研究室里，我竟差点误了秋的莅临。

施洛克德家中落地窗外那一棵已经通身黄透了的枫树，把雅致的客厅变成了清丽舒适的"赏秋轩"。他夫人碧琪煮的一满壶咖啡，在面对一园的秋色时，就更香甜了。当然，也饮了不少葡萄酒和她亲制的糕点。纵使没有秋菊和大闸蟹，我已觉无负这个秋了。另一对客人是刚从中国大陆、香港回来的海大教授夫妇，他俩都大赞香港山顶风光之佳绝。噢，对了，我也忆起中文大学的秋天了。一面背山，三面环海的中大校园，在秋天的山头是最清绝的，见不到落叶，但隔着云山，就可遥望故国的万木萧萧。

惊秋之后的第一个有阳光的早晨，我就随着落叶，缓步登上古城对岸"圣山"的"哲人路"。一向静幽幽的"哲人路"，在枫叶摇动中更增添了几分冷趣，而哲人的"脚印"都已埋在黄的红的落叶中了。从一棵还挂着稀落星散的红叶树中，向下远眺，海德堡古城千百间凝聚成群的红屋顶在阳光闪耀下，愈加红得令人心动了。秋的太阳原来是可以这样妩媚的，也难怪十一月后总是千呼万唤始露面了。坐在阳光洒落的石椅上，静静地看古老的海城，真是越看越醉，又岂止是"相看两不厌"呢!?

　　在这样寒浸衣袖的季节，想不到还有不少探秋的人。是了，德国人是出名爱山林的民族，海城所属的"巴登—符腾堡"邦（Baden-Württemberg），是著名的"黑森林"之家，一半以上的居民每星期都会到山林散步，有的甚至不可一日不入林。工业先进的德人对工业文明的心情始终是矛盾的，伟大的文学巨灵像歌德、席勒、黑塞都是山林的咏赞者，难怪当德人知道他们七千四百万公顷的森林有三分之一以上受到工业"酸雨"之侵蚀而受伤，甚或垂垂死亡时，他们的惊愕与创痛是可以想见的。"黑森林"竟有一山山、一谷谷的美林得了树的"艾滋病"，失去了抗疫的能力了。海城在"黑森林"的北缘，"圣山"的树林看来是幸运的，海城没有什么污气的工业，树还是像树一样的在寒风中挺立着，尽管落叶纷纷，也只是脱去了秋装，不是与世告别的泪雨。不过，海城人一定更格外觉得他们的山林的珍贵了。我看到一对银丝满头的老夫妇，手牵手地停在满山的秋林前细细低语。他们有一辈子谈不完的情话？还是在庆幸他们属于仍能眼见无恙的山林的一代？

　　从"哲人路"向上深入，转过几条小径，到了"俾斯麦碑"附近，树更高了，落叶也更多了。见到几个少男少女埋头在满地黄叶集中找东西。"找什么呀？"我听不懂德语，但手中交给我的是一颗栗子。噢！原来是香港、台北街头吃到的栗子！不知是不是天津良乡的那种？真惭愧。这是我第一次看到栗子原来还是藏在满身荆棘的球壳里的。那半绽开球壳里的栗子的色泽，不尝就知其香甜可口的了。江南逃难的童年岁月还是依稀记得的，为了躲避日寇，母亲带着我们在山乡水泽东奔西走，我与兄弟在田野中剪过野菜，也在山溪中抓过鱼虾，但没有捡过栗子。不由得像少男少女一样，我也弯身用树枝在层层的残枝败叶中找起栗子来了。路过的人都投以友善好奇的眼光，真是"时人不识余心乐，将谓偷闲学少年"了。

　　从"哲人路"步下狭窄得只可容身二人的红石小径，真是难忘的经验。是的，这是我九年前走过的，但那是五月晚春的红石小径，没有今日黄叶间错点缀的那份丽色，这是秋的小径，是不想走尽的曲曲小径。

出了小径，便到了尼加河畔的兰德路（Landstrasse）了。左边转个弯，没几步路，就是韦伯的故居了。韦伯于一九二〇年去世后，他的遗孀玛丽安娜（Marianne）在这里居住到五十年代，在这段孤独的岁月中，她把韦伯未发表的手稿，包括《经济与社会》的巨构，一一整理问世，还写了部韦伯一生的传记，玛丽安娜实不只是韦伯一生的伴侣，也是知识上的知己。当年男女主人健在时，这所三层楼的大屋是欧洲学者文士聚会的沙龙，今天已是海德堡大学神学院和哲学所的学生宿舍了。看来，这所屋子没有受到好好的护修，门锁都有些破损了，后园更是满地残叶，久未清扫了。我熟悉地步上二楼，九年前，在那宽敞的阳台上，我曾欣赏到五月晚春初夏之交的海城风光，而此刻所见尼加河对岸半山上的古堡，已是悬在斑斓的枫红枫黄中了。

在抽完一斗板烟时，我离开韦伯的故居，匆匆过了古桥，直上古堡，担心着太阳骤然间会消失掉。海城的秋，在阳光里才更显出她高贵的艳丽。

古堡的中庭，除了那棵柳树还摇荡着未尽的绿意，弗里德里希宫、奥多汉尼克宫、镜宫、铃塔、井屋，都是那么清冷。春夏时分，游人如织，笑语盈庭，如今偌大的庭园中，只有在披浴了十一月软绵绵阳光的角落，才见到情侣的依偎。不知他们听不听得到古堡这一组残缺建筑奏出的"硬性音乐"的《秋声赋》？

步出中庭，古堡的残垒就在秋山秋树中了。一树树的菊黄，一树树的蟹红，满山是又艳又冷的色彩。噢，这景色何其如画？这不是国画的秋，是西画的秋，是印象派的杰作！忍不得要欣赏这幅熟透了的秋，正坐着一椅吝啬的秋阳，一阵风起，满地的落叶就与新的飞红飞黄飞舞在一起了！

海城的秋，像一切好的秋一样，美得太玲珑，太脆弱，总是不能久住，总是难消受的，而我就是禁不住不去探秋。

踩着沙沙落叶的日子

　　秋来得好悄静，也不知从哪天起，我警觉到是踩着沙沙的落叶了。纵没有南飞的雁群，也如是秋浓了。

　　每天走一条沿着尼加河畔的小路，两旁是不时飘着落叶的秋树，行人的脚步都比平时加快了几拍。河畔的大草坪上，已见不到初来时成群的散发青春气息的少女少男，偶尔有二三人在风里欣赏对岸的寒山冷树，还有的就是看上去越来越白的大头鹅了。

　　傍晚时分，我没有例外地一定到浩朴街去喝咖啡的。当然偶尔也会喝杯茶，但喝惯了中国的茶，特别是品过了武夷山的"大红袍"之后，就很难再欣赏加奶或不加奶的红茶了。精于茶之道的逯耀东兄在我来海城前夕，还送了我一个宜兴茶壶，一包文山绿茶，我当然不会专到咖啡店去喝茶了。

　　从研究室到浩朴街的咖啡店，就像在新亚时从办公室到"云起轩"吃香港"最好的"牛肉面那样方便。浩朴街的书店多，但咖啡的香却压倒了书香。曾好奇想数数有多少家咖啡店，但放弃了，实在弄不清，何况浩朴街的南北小巷子里还有不知多少家呢！所以，放心，海城尽管游客多，总可以找到喜欢的座位。何况秋寒已经阻却了外来旅人的脚步。海大的同仁说："可怕的夏天已经过去了！"在夏天，海城几乎是被游客占领了的。

在深秋的海城，四点多，天就阴暗作冷了。咖啡店是躲避秋寒的佳绝之处。一进门，便与秋寒暂时告别了。里面弥漫着的是满室的咖啡香和不热不冷的晚春气息。在咖啡店，谈天固佳，独坐亦妙。与海大同事或友朋见面，总是选一家喜欢的去。不过，我喜欢的真有好几家！

浩朴街上，最享盛名的一家咖啡店似非"薛沙浩特"（Schafheutle）莫属，高贵清雅，煮的咖啡特别考究，制的蛋糕特别精致，据说是一个有钱人家开的，是不是开了这店之后才富有起来的，就不知其详了。老年人，衣着齐整的都喜欢去，我第一天到海大社会学研究所，同事请我去的就是这家。我到研究所一开始就穿得随便，想必是他们见到我两鬓渐露的白发了。我确也欣赏这家的摆设和咖啡，更喜欢它的糕点，但去了两次后就少去了，倒不纯是嫌贵，其实价钱也贵不过台北任何一间可以入流的咖啡店，只是它名气太大，光顾的人络绎不绝，坐久了就不太自在了。尽管有的老婆婆一坐下就有看完一本书的打算。

我最喜欢去的一家叫 Cafe Romantic Bars，有咖啡，也有酒，多数的咖啡店也是一样。我之喜欢去，倒不是它的名字吸引人，因为在海城，哪一家也多少有些浪漫情调。这家之所以常去，因为它的确精致清雅，较之巴黎最好的咖啡店也毫不逊色，咖啡也的确香甜入口，同时，它是第一流的设备，只是第二流的价格。这些都是原因，但真正让我常去的是那位不同凡俗的女侍应，这位女士居然第一次就猜出我是中国人，可见她的文化素养高人一等了。海城像德国其他城市一样，要不就见不到东方人，有之便是日本人，不但火车站的询问处有日文简介的海城，即使"高弗兹"博物馆里的六十万年前"海德堡人"的下颚骨也有日文的说明。德国人对中国人很有礼貌，但在他们所接触到的世界里，东方人就是日本人了。所以德人当中能够第一次见面就辨出中国人者，就像海城十一月的阳光那样稀有了。这位女侍应不但有画中古代海德堡少女的脸孔，而且还能用清脆的英语告诉我海城的一些历史掌故，不说她文化素养不凡，可乎？

当然，我也去过其他的地方喝咖啡，但没有特别的性格，没有特别的吸人处，我就记不得它们的名字了。有一家不是咖啡店，但也有可以入口的咖啡，名字倒忘不了，那就是在市墟广场上的"麦当劳"。这家麦当劳的装潢古色古香，是一家老屋改装的，在麦当劳就一定可以听到北美客人咬着汉堡包高谈阔论的英语了。麦当劳旁边二三间就是海城响当当的雷塔（Ritter）旅馆，它是一五九二年建造的，在一六九三年法军火烧海城的战役中，海德堡的建筑几乎夷为灰烬，这座文艺复兴式的建筑是少数逃过劫难者之一，它的历史价值就使这个旅馆名闻遐迩了。雷塔的咖啡不见得使人想起文艺复兴，不过，客厅的布置会处处提醒你海城的前尘往事。

讲咖啡店有性格的，浩朴街邻街的 Knosel 就是一家。它是一八六三年开张的，是海城最老资格的咖啡店。Knosel 是一位好心的糕饼师父，他一心一意要把他的咖啡店变成人人宾至如归的地方。当时，海城的中学女生常在这儿与海大学生见面，少男少女相互之慕悦是天地间最自然的事，但当时还是个"非礼勿视"的时代，店里女主人管得十分严格，少男少女只能用眼睛交谈。这些在中国的文艺片里，不论是大陆的或甚至台湾的，都还常见到的。Knosel 显然是位通情达理而有幽默感的人。有一天，他给每人一个惊喜，原来他特别精心地焙制了一种巧克力饼，名之曰："学生之吻"（Studentenkuss）。尽管这是爱的替代品，但当少男少女品尝"学生之吻"时都有"心有灵犀一点通"的妙意，从此这家咖啡店就成为少男少女乐此不疲的寻梦园了。此是百年前的往事，世移时变，少男少女慕悦的方式早已走出中国文艺片子的手法了，不过"学生之吻"则传之今日，且已成为海城传奇故事之外一章了。今天去 Knosel 喝咖啡、吃糕点的已是近悦远来，老、中、青三代各乐其乐的地方了。任何地方，只要有好的传统，精心地保存下来，都有一种吸人的魅力。

另有一家我喜欢去长坐的是浩朴街北边一条小巷子里的 Wolters Kaffee。这家咖啡店，既不高雅，也不精致，恰恰相反，它是又拙又朴，还带有强烈的原始野趣。粗笨的桌椅在在都是斧凿痕，墙上的熊皮好像是从恶熊身上剥下就挂在那里近百年了。店主华特又高又瘦，留一撮胡子，时时都有只小狗陪着。光顾这家的人，一进门跟华特老头儿彼此叫名字，很少观光客，大都是街坊间邻，有的还带狗来。狗一进来就跟店主人的小狗叫一阵，搅一阵，等华特把白方糖往它们嘴里一送，就都乖乖地蹲着听主人们聊天了。我来这里是很偶然的，是十月间一个傍晚，经过这里，里面的粗犷欢笑声引起了我的好奇。原来一大堆人，喝咖啡的喝咖啡，灌啤酒的灌啤酒，下棋的下棋，但都不时地看着彩色大电视正转播着的网球比赛。网球是我唯一入迷的运动，喜欢玩，也喜欢看。这场球赛正是德国对捷克的戴维斯杯双打，代表捷克之一的是世界排名第一的蓝道，而为德国出赛的二人中的一个，就是今年温布尔顿大赛勇夺冠军的小伙子贝克。结果，贝克一队胜了。这些德国人自然是一杯未尽又来一杯了，他们不但以德国人的身份高兴，还以贝克的老乡身份而自豪，原来这个刚过十七岁的小伙子，就是海城近郊"蓝门"镇的人呢！看了这场网球赛之后，以后周末有赛事的话，我都变成了座上客，除喝咖啡之外，也喝啤酒了。看网球时，总会想起跟孩子们在一起的辰光，我们父子间好像没有什么"代沟"，至少在玩球看球时是无沟的，尽管我有时不高兴龙儿不肯使全劲出力，元祯说："孩子是怕伤了你'老豆'呀！"我对龙儿的"侮辱"也不是完全不心领，他毕竟是匹兹堡大学的网球选手呵。"代沟"不在，"地沟"则有，孩子们大了，分飞西东，聚少离多，虽说这是一个不再重别离的时代，一个电话，千里可以传言，但音落后的离绪又岂易排遣呢!? 来海城后，就只写信，还不曾给重听的母亲打过电话。在咖啡馆里原来也有逃避寂寥的潜意识，在秋风里，踩沙沙的落叶，就不由会怀念远方的亲友，就不由会自己跟自己说起话来了！

在海城去咖啡馆是我生活的一部分，与朋友同去之时少，独自一人去坐坐的时候多。诚然，这里没有巴黎凯旋门前香榭丽舍大道上咖啡店所见的万种风情，但我主要还是贪图个闲静，倒不是故意找那份"独在异乡为异客"的心境，其实，在现代社会，谁又不是"异乡人"呢!? 在咖啡店里，我爱看些轻松点的书或杂志。董桥兄航寄来的《明报月刊》，我从来没有像现在这样看得仔细的。他的《故园山水辩证法》写得真精致，书卷气浓得很，但还是那么化得开。这一期里李义弘那幅《秋晨》好清冷，在淡涩的画面上，伸出一株晚秋的枫，只是几片红叶，写尽了秋的萧索之美。中国的秋是中国文化的，是中国诗的。与海城所见所感的完全是二种不同的秋趣。我想明春到新亚访问讲学的江兆申先生对于李义弘这样一位能得其精神，才情洋溢的高足一定是欣然有喜的，还有什么比一个学生的成就更使老师快乐的呢?

咖啡冷了，也喝尽了，书报也看得差不多了，这是我觉得该离开的时候了。坐了多久，我也不在意。在海城过的就是不需看时间的日子。来的时候来，走的时候走。收费的女士从来不是不绽着笑容，也从来不忘记说：Dankeschön, Auf Wiedersehen!

推开门，就是秋之黄昏了。又一天，踩着沙沙落叶的日子。

秋之旅

四季中，我最爱秋。九月二十五日来海德堡，适逢这山水之城的秋。秋山秋树秋水的海城，纵使已走遍了大街小巷，还是舍不得离开她的妩媚。好几个周末，到方圆百里内的小城，亦是晨去晚归。十一月初，培哥来书，提醒我如要去欧洲别处看看的话，冬雪冰寒的日子就不宜于旅行了。真的，秋光已老，再不动身，秋就要枯谢了。

十一月上旬，在海大社会学研究所作了学术报告后的一个星期天，收拾简单的行装，我搭上去德法交界的斯特拉斯堡的火车。我不像剑桥"堂"（don）李约瑟老夫子那样迷火车，在新亚讲学时，一听到山脚驰过火车声，他老人家就打开窗子望着吐露港，悠然神往好一阵子。不过，倒像俾斯麦，我也喜欢乘火车旅行，只是他跟丘吉尔一样，大雪茄一直不离嘴，只想政治，无暇看山看水了。乘火车，不但可以舒舒服服地欣赏窗外两边的风光，而且有"起"有"止"的感受，从一站到另一站，精神容易调整，景物的变化不会来不及消化。只是德人爱开快车，搭火车的人越来越少了。政府每年得补贴大把的钱，才能使火车继续在原野、森林和城市之间日夜奔驰。

在宽敞的车厢里，两面是一窗一窗的秋景，有的浓郁，有的清淡，像是穿过秋画展览的长廊。好多年没有赏秋了，尽管已看尽了海城的秋，对秋还是贪婪。

斯特拉斯堡，在历史上是德法争战不休的地方，现属法国，但德国友人推介我去斯特拉斯堡时，就好像推介我去另一个德国城市一样。欧洲经济共同市场虽然不曾，最后也不一定会带来欧洲政治上的统一，但人们心中的政治图像是跟战前有些不同了。

的确，这个法国东北界线上的小城，除了法兰西文化情调外，还有日耳曼的文化征象。毫无疑问，最有法国趣味的应是满布半石半木之古屋群的那个称为"小法国"的地方了。这一幢幢影映在小水道里的古屋，衬上淡黄深黄的秋树，就像是一幅上了年纪的名画，不由不仰立凝视，顾不得秋寒的料峭了。诚然，斯特拉斯堡最要看、也不可能看不到的就是法王路易十四崇仰上帝的那座教堂了。来欧后所见美的、大的教堂多矣，但这座建于一四三九年的教堂却是基督教世界中最高的建筑。不，我得小心点，一位来自德国乌尔姆（Ulm）的德人告诉我，乌尔姆的五百二十八英尺高的哥特式教堂尖塔才是最高的，他说话时一点也不带民族情绪。很不含糊的，像他说乌尔姆是二十世纪最伟大科学家爱因斯坦的出生地一样。看来，我得信他，我的一点知识是来自书本的，古人不是说，尽信书，不如无书吗？无论如何，斯特拉斯堡教堂的尖塔直指缈缈的苍穹，天国与人间似乎就在塔尖上凝接一起了。其实，说高还不及香港新落成的"交易广场"，但后者，像一切现代化的高建筑，只觉是机械力的膨胀，尽管升得高，总与天隔绝了。

原不打算去巴黎的。当然不是不喜欢巴黎，谁又会不喜欢呢？只是巴黎太大，太短的逗留，又怎能看够她的千娇百媚？这次我只想去小城探秋，在小城才能捕捉秋之全貌。终究我还是去了这个最欧洲的欧洲之城。实在是这个艺术之都的气氛太吸引人了。从斯特拉斯堡到日内瓦，我又怎能不在雨果所称："罗马的承继者，背井离乡的世俗朝圣者之家"的巴黎停留？不错，如果说罗马是西方的精神之乡，那么，花都无疑是属于这个世界的。巴黎的特殊就在于她具有绝对的国际性格，却又是绝对的法兰西。也许因为我是中国人，遇到的法人中倒也不在乎用最有音乐性的中、法语言之外的英语来沟通了。

九年前曾从剑桥到巴黎一游。允达、曼施伉俪驾车陪我全家在冰天雪地中东奔西走。他们都说流利的法语，又是巴黎通，有他们作向导，七日之游把巴黎最该欣赏的都蜻蜓点水般点到了。凯旋门前香榭丽舍大道的万种风情，巴黎圣母院的诗音和烛光，艾菲尔塔的刚健中的婀娜，无一景不令人神夺情往，而罗丹的巴尔扎克雕像，达·芬奇的蒙娜丽莎微笑，真教人惊叹巨匠之天地灵气。

这次临时决定到巴黎一转，允达远在台北，曼施的电话又未带身边，而卢浮刚巧这天关了门，罗丹的博物馆又秋深不知处，我就漫无目的地散步在塞纳河畔了。如果说，尼加河是德意志的精神源泉，那么塞纳河应是法兰西的精华所在了。尼加河凿山而过，为阳刚趣重的海德堡山城增添了几许水的灵韵；而巴黎绵延不绝的雄伟建筑，落在塞纳河的两岸就显得风姿绰约、柔情脉脉了。在一座座横跨塞纳河的桥头，看两岸一排排黄得熟透了的秋树，这个艺都就像一位四十许的贵妇以最华美的秋装展示了她万千的风情。游巴黎，不在塞纳河畔走上三斗烟以上的时间，就无法领略最巴黎的巴黎了。假如一生只去一次巴黎，我会选秋的巴黎。

巴黎的秋美，凡尔赛的秋更金碧辉煌。

巴黎近郊的凡尔赛宫有二百五十亩方圆，宫宇格局之宏伟当然非北京故宫之比，但六百个喷泉的庭园确是气派不凡，"镜厅"是十足的豪华，十足的金碧辉煌。路易十四这个"太阳王"，样子与打扮都有些脂粉俗气，竟然能请人设计这样的宫园，就不能说他无艺术的品鉴力了。此次，我特意慢慢走去大、小Trianon，尤其是皇后的茅舍，都是树，都是秋树，一园都是彻上彻下菊黄色的秋树，据说是路易十六特别叫人移植的。璀璨耀眼，目为之眩，好个金碧辉煌的秋！原来秋可以这样金碧辉煌的。在金碧辉煌的秋色里，那座小小白色的"爱神庙"就显得愈是清冷出尘了！

我忍不住又想起故宫，想起景山，更想起北大附近的西山，西山的晚春是很美的，西山的秋应该是特别轻灵的，听人说，西山的枫叶像西天的一片彩霞?！

从巴黎到日内瓦，三个多钟头就到了。乘的是深橘黄色、像一条飞龙的TGV（意指非常高速之火车），时速一百七十里，几里方圆的秋景都浓缩在一框框的窗里。欧洲有了TGV，感觉上更小了，那么多国家，加起来还不及中国大。一七八九年以来，这块土地上合纵连横，风云诡谲，变化也真不小。陪着我旅行的是戈乐·曼（Golo Mann）的《一七八九年后的日耳曼史》。他说：一七八九法国大革命那一年，神圣罗马帝国就拥有一千七百八十九个政治领土，有的是独立国，有的是欧洲强权，大部分则是几个堡垒和村庄的结合。这部书学院派的史学教授不会太喜欢，但写得淋漓挥洒，笔墨纵横，无愧是文豪托马斯·曼的后人。

飞逝的秋，到日内瓦时已掩没在夜色中了。

日内瓦是我久欲一访的地方。它是世界名都中的小城，小城中的名都。居民不过十七万，但却极有国际性，当年国联就设在这里，红十字会也发源于此。世界的政治领袖都愿意到这个湖光山色的日内瓦来谈判。品质高贵或浪漫的政治家到这里做和平之梦，政客之流便利用这个世界的戏坛做做"秀"。里根与戈尔巴乔夫的高峰会议，无疑是"超级大秀"，会未开锣，"秀"却已做足了。不知两人是否也有做和平之梦的真诚？说实话，也不是天纵神授，只是风云际会，二人掌握了影响世界命运的权位。为人类、为自己之身后名，为什么不真正为和平想想？美苏高峰会议距我到日内瓦时还有一星期，但日内瓦的政治气候已浓了。

日内瓦是基督新教中加尔文教的大本营，故它有"新教的罗马"之称。社会学家韦伯所讲的基督教伦理主要就指加尔文教义。加尔文教统治日内瓦的清规冷律，严峻得森冷。写《社会契约论》的卢梭生于斯，他就吃不消宗教的气味，一去不归。不过，今日日内瓦的宗教世界剩下的恐只是一道纪念墙和一座教堂了。卢梭如健在的话，我想他至少会回来度度假的。我对加尔文这位教主没有什么好感，他烧死异己的那份真理就在身上的态度，怎像是天堂的使者？不过，日内瓦大学倒是他创建的，当然，今日这间大学也不再是宗教的婢女了。

就是因为高峰会议，旅馆都给写"秀"、播"秀"的三千个记者捷足先登了。好不容易在冷雨蒙蒙中找到一家小旅店，已是近十点了。所幸，隔邻就有一间颇有品味的意大利餐馆，居然还吃到了日内瓦湖的鲜鱼。也许是那小瓶瑞士产的葡萄酒吧！躺在床上已微醺欲醉了，也不知何时入了睡乡。

翌晨醒来，打开七楼的窗帘。噢！真是一个出乎意料的惊奇！一片白色，眼下所见的屋顶尽铺着闪闪发光的白雪，一轮旭日从中国的方向升起！真想不到，我是来探秋的，却遇到了初雪！

步出旅店不远，就进入日内瓦大学的校园。那块雕着加尔文、诺克斯这些新教改革者的石墙正在修葺，但我已为一幅难得一见的美景吸引住了。在一个女神的碑前，默默的冬青树头满披着白雪，两女神背后的几棵仍然丰满的金黄的秋枫在阳光下闪闪摇动。这是晚秋，也是早冬，更是秋、冬之交的佳色。

日内瓦的"老城"，古拙、老趣，除了高高低低的斜坡外，走在小巷子里，就像回到了海德堡，只是没有海城的那份浪漫气氛，但日内瓦的"新城"，临湖而建，视野广阔，就显出小中有大的气势了。绝不能说日内瓦不优美，只是巴黎塞纳河畔的风光依然浮在眼前，我就宁愿把时间花在一座钟表的博物馆里了。这座博物馆，不只有一楼精致的钟表，还有一院精致的秋色！

担心秋真不能久住了，就改变日程，直奔德国"黑森林"之都的弗莱堡！

未来德国前，就听说黑森林之美，新亚的林聪标和闵建蜀二位教授是在弗莱堡大学深造的。他们知道我喜欢海德堡，知道我中意有文化气息的大学城，就说我不能不去弗莱堡一访。

抵弗莱堡车站又是黄昏后了。打了电话，知道"红熊"旅店（Zum Roten Bären）有空房，心里暗暗兴奋。这是德国最古老的客舍，建于一三一一年，房间古雅，菜肴一流，而价格只抵香港的三流。红熊是小小的，坐落在古城城门入口处。一进去就见到宾至如归的笑容。卸去行装，就觉得这是旅者梦寐以求的旅舍。是晚，不只喝了当地的啤酒，还尝到了黑森林的鳟鱼。

弗莱堡也只有十七万人口，弗莱堡大学的学生就占了二万二千人，也是一天可以优哉游哉走完的城市。弗城的空气特别清冷，小街上有城外"屈莱逊"河引入的小小水渠，光洁明亮，有似一条条玉带，是台湾新玉的色泽。当然，游人不能不驻足欣赏的便是"市墟广场"了。那幢血红色的十六世纪的商业交易所（Kaufhaus）特别抢眼。而远看近观都令人欢然有喜的大教堂（Unserer Lieben Frau，吾等敬爱的女士），坐落在市中心，君临弗城。这座教堂，从十三世纪初开始建造到十六世纪才完工，它或没有巴黎圣母院那样深深不知几许，也没有科隆大教堂给人那种坚毅无比的刚趣，但无论是外表造型，内部雕饰，都不同凡响。从八边形的塔身伸入云天的金字塔式的尖塔，在清冽的蓝天里，刚健婀娜中更带几分仙气。瑞士的艺术史家布克哈特（Jacob Burckhardt）誉之为基督世界中最美的尖塔。勃格哈德最心爱的艺术之乡是意大利，竟发出这样的赞语！既然看不尽基督世界的教堂，我就静静伫立在街头一个角落上，抬头云天，凝视这中古宇宙遗落的"仙品"。

在弗城大街小巷里闲步，与在海城时有些不同。海德堡是一片古趣，一公里长的"浩朴街"，像一首美得不能不一口气读完的长诗；弗莱堡则在古意中更多些现代情调，街道的变化也多些，比较像篇散文。最令人称赏的是，弗城几乎是在二次大战的残瓦断墙中重建起来的。除了大教堂以及少数几幢老屋外，都是新建的，有五百多年历史的弗莱堡大学也多数是战后的建筑。但现代的建筑很着意地把中古的原趣保留下来。"传统"与"现代"细针密缝地结合，竟是那么的和谐。德人战后的建设是真正的"重"建。人不能活在"过去"，但不能不活在"历史"中。弗城所重建的不只是建筑，也是历史。游这个现代与传统结合得那么精巧的小城，无法不想起已有二千五百年历史的苏州来了。苏州的玲珑清雅，是江南文化中特有的美的展现，也是人类文化中特有的美的品种。如何使那个古城在现代化中保有她历史的原趣呢？其实，不要责怪现代化，真正的现代化正是应该让"现代"与"传统"接榫的呀！

　　来弗城就是要赏黑森林的晚秋；但这黑森林之都的城内秋意固浓，却不多秋色。本想到城外几处著名的黑森林区去的，但误了车时，红熊旅店的一位女士知道我在寻秋林。她说，出了城门，跨过天桥，就是"西乐诗槃"（Schlossberg），那里就有我要看的晚秋了。

果然，不要半点钟，我已经身处一山秋树中了。不知是谁创了"黑森林"之名，森林本来就不黑，而在秋阳抚照下的残秋，纵然无凡尔赛所见的金碧辉煌，但叶未落尽，依然可见此一片红、彼一片黄，秋色还是掬然可醉。而在"西乐诗槃"的山头向下俯视，弗莱堡全景就在脚底了。唉！多么像"圣山"半腰"哲人路"上所见的海德堡，也是万千个红色屋顶凝聚成的层层红云！对了，这里见不到尼加河的古桥，也见不到浮在对山的最显残缺之美的古堡！但看哪！那穿出红云、伸入蓝天的大教堂的哥特式的尖塔，岂非画龙点睛地赋予了弗城特有的精神和美丽？

弗莱堡与海德堡一样，都是"永远年轻，永远美丽"的大学城！

从弗莱堡到海德堡，不过四小时的火车，在夜的冷风中，回到海城尼加河畔的居处，有"异乡人"返"家"的快乐。一周的秋之旅，随着半瓶巴登（Baden）的红酒，送我进入梦乡。但此夜无梦，只有暖意。

翌晨，海城已是冰霜满树，秋已老去。

韦伯·海德堡·社会学

一　韦伯与社会学

在海德堡，总不能不想起马克斯·韦伯（Max Weber），由韦伯就不能不联想到社会学。韦伯、海德堡、社会学这三者有美妙的关系。

韦伯是一八八二年在海德堡大学读书的。在这个浪漫之城，像当时许多学生哥一样，他也度过豪饮、狂歌、斗剑那种雄迈不羁的生活。一八九六年他受聘为母校的教授，尽管翌年就受精神磨折，有不少岁月，必须借到各国旅行来调剂身心，但他与海德堡是分不开的，迄今仍在的尼加河畔的那座大屋里，他就写下了许多传世的著作。

对现代社会学影响最大的有三人。德国的韦伯、法国的杜尔凯姆（Emile Durkheim），还有就是马克思。马克思在学院门外的声音最大，他的著作且成为地球上一半国家的政治圣经，幸耶？不幸耶？在学院里边，则杜尔凯姆与韦伯就分庭抗体，平分秋色了。尽管社会学者牟顿（Merton R. K）借了怀海德的说法："一门科学，假如犹豫而不肯忘掉它的创始人的话，就是失落了"，韦伯自己也说过："个人学术的命运，十年、二十年、五十年就过时了"，但是，韦伯逝世已半个多世纪了，他的著作还是社会学者案头不可少的，大家还是忘不掉他。社会学虽非文学，毕竟与自然科学不同，它的经典之作，后人总不能不时地回去"重访"、寻求启发与灵感。韦伯的著作已公认为社会学中的经典，早已构成社会学的核心传统了。

芝加哥大学的施特劳斯（Leo Strauss）曾誉韦伯是二十世纪最伟大的社会科学家。在去世未久的法国社会学家艾宏（R. Aron）眼中，韦伯不只是最伟大的社会学家，而且是唯一的大社会学家。当然，在韦伯生前，社会学不只未成气候，而且还是在科学与人文学夹缝里求生的时代。韦伯的基本训练在法律、历史与经济。在海大读的是法律，在古丁罕大学的博士论文写的是中古的贸易公司。他取得教授身份的论文则是罗马的农业史。一八九四年第一次担任教职的名衔是弗莱堡大学的"政治经济"

教授，两年后回母校海大担任的是经济学教授。一直到一九一八年，维也纳大学特地为他设立了社会学教授的位置，一九二○年去世时他是慕尼黑大学的社会学教授。韦伯自己也迟至一九一○年才用"社会学"来形容他写的关于社会行动及比较研究的著作。

韦伯的学识渊博深邃，脚跨几个领域，论者以他的历史知识之丰赡足可与汤因比比肩。他的识见早在一八九一年刚写完博士论文时就被当时的史学家蒙森（Theodor Mommsen）所激赏，蒙森还表示他百年之后，继承他志业的，除韦伯外不作第二人想！无怪乎麦克雷（D. McRae）要语带讥讽地说："几乎所有写韦伯的书，都是带着敬畏之感落墨的。"

二 "韦伯学"的诠释

韦伯从无有过建立思想大体系的念头，更加不喜欢玄想式的意理或独断式的思维，所以尽管他承认马克思对当时知识界的大影响，他对马克思与黑格尔的东西总觉气味不相投。沙洛门（A. Solman）甚至称韦伯是："布尔乔亚的马克思"（bourgeois Marx），说他的社会学是"与马克思幽灵长期与激烈的对话"。

其实，这个说法形象化则形象化矣，毕竟不很真切。韦伯的知识论之立场，根本不能拿唯心、唯物这类二分法的观念来套他，他从不以为历史社会的复杂现象可以由单因来解释（无论是经济、技术或文化思想）。韦伯不同意马克思的经济（物质）命定论，也并不表示他就认观念（精神）为事相之源了。韦伯是与一切"减约主义"无缘的，他的社会学之理论逻辑，如施洛克德（W. Schluchter）、亚历山大（J. Alexander Jr.）等指出是"多面向的"（multi-dimensional），不能纳入这个或那个简单的框框里去的。

韦伯的著作，不但文字与内容难读，并且零散不整；更遗憾的是，他的著作好些都是身后才由后人编纂，而非他亲自"定稿"的。这就难怪到今天学者还在争论韦伯一生庞杂的著作到底有无统一性？有无一中心题旨了？不仅帕森斯（T. Parsons）与班迪克斯（R. Bendix）这二位诠释韦伯的老辈学者，见解有别，各说各话。今日德国后起的韦伯学者，如滕布鲁克（F. Tenbruck）与施洛克德也是各有所见，推陈新说，很难有一个共同接受的诠释。韦伯繁富多样的著作中，找中心主线固非易事，但各书之间也确有千丝万缕的关联。国人所熟悉的《中国之宗教》一书，就不能孤立地看，应该从他庞大的比较宗教研究中去考察；他的名气最响、争论最烈的《新教伦理与资本主义精神》一书也不是完全自我具足，而应该放在他的西方的理性主义的思维架构中去理解。韦伯之书的难读就在这里，至于像我这样要靠英文翻译的人则麻烦更多了。譬如韦伯社会学的方法论，自六十年代以来，不知已经历了多少的批析与剖解，一般以为是可以有"定论"的了，但自沃克斯（G. Oakes）译了韦伯的 Roscher & Knies 及 Critique of Stammler 几篇大文章之后，情形又不同了。赫夫（T. E. Huff）的《韦伯与社会科学的方法论》出来后，我们不难发现过去对韦伯的一些批评几乎是无的放矢，看来作为一个社会科学方法论学者的韦伯，又需要"另眼相看"了。

总之，韦伯虽然不像马克思那样，没有"年轻韦伯"与"老年韦伯"之间有无"知识论上决裂"的论争，但他的著作像一切经典一样，终脱不了"诠释"、"再诠释"、"又诠释"的命运。韦伯之学经由帕森斯译介诠释而大行其道，帕森斯的诠释虽不能说是"定于一尊"，但到底不失为一重要诠释，风从者自不在少数。惟近年来不同意帕森斯之诠释者日众，有些学者如 Cohen、Hazeerigg 和 Pope 还立意要"非帕森斯化韦伯"（de-Parsonizing Weber），要把韦伯从帕森斯的思想体系中解救还原。当然，"非帕森斯化韦伯"也还是一种对韦伯的新诠释。是耶非耶，恐怕是见仁见智的事。我同意卢特（G. Roth）的说法，韦伯的学说在美国有"创造性的误释"（creative misinterpretation）的现象，它的结果倒也不一定是负面的。要对韦伯有全面的了解与评价，恐怕还有待正在编纂的三十多册的《韦伯全集》（目前已出三巨册）出版之后。有一点是可以肯定的，韦伯的影响力与争论性还会继续下去。任何研究现代社会历史现象的学者可以赞成或反对韦伯，但很难从他身边兜过去，不能不与他有对话。当代被推为批判理论大师的哈贝马斯（Jürgen Habermas）在新著《沟通行动理论》中就把韦伯作为一个主要的谈论的对象。说到韦伯的影响力，特别是他的争论性，恐怕还在他的政治思想与见解了。

三　在学术与政治之间

韦伯在英美及东方主要是学者，是一个社会学家，但在德国则好像主要是一个政治人物，一个极富争论性的政论家、政治思想家了。

韦伯确是"学术"与"政治"之间的人物。他一方面对学术有无条件的执著，一方面对政治又有不可遏止的献身感。不论如何，除了纯学术的著作外，韦伯一生从未忘情于德国的政治，并且发表了无数针对时局的政治性文章。由于他富厚的学养，他的政论无不言之有物，掷地有声，影响一代人心。（D. Beetham 的《韦伯与现代政治理论》一书，对韦伯的政论性文章作了极细密的分析。韦伯对他所处时代之政治问题的剖析确是不同凡响，韦伯的政论性文字与其社会学之纯学术文字，不但文章气味不同，一热辣辣，一冷冰冰，即论点亦有差异。）当他还只有二十九岁时，即因他把政治问题与学术研究成功地结合，而名噪一时。三十岁时，弗莱堡大学就礼聘他为教授。三十四岁时，韦伯在政治上的声望已令国家自由党主动要提名他为国会议员候选人，但他因已接受海德堡大学之聘约而谢拒了。此后他的健康出了问题，加之他孤傲的性格，也就与仕途无缘了。不过，他还是把精力用在对国人的"政治教育"上，不时像巨钟木铎，对国是胪陈意见。韦伯生活在两个世界，一个是热性的政治世界，一个是冷性的学术世界。他有两个声音，一个是对学术之真诚与承诺，一个是站在政治边缘上的绝望中的呼吁。

马克斯·韦伯是一个把民族国家利益放在第一位、最高位的人。他彻底了解政治与权力的关系。他的政治思想中没有软性的浪漫式的乌托邦，却含有达尔文与尼采的成分。他毫不讳言强权政治，并认为德国应该在欧洲与世界担当起一个大国的责任。他力言德国应该抗拒苏俄与盎格鲁撒克逊民族统御世界的趋势（尼采与法人托克维尔也警觉于此的）。他也像同时代的大文豪托马斯·曼（Thomas Mann）一样，荣耀德国的文化，二人都曾欢呼一次大战的来临。韦伯在战后虽然参与了魏玛宪法的起草，并且为德国提供了民主的骨架。但是，他对德国的民主是没有信心的，所以他特别建议在宪法中给予直接选举的总统以突出的地位与权力。这与他心目中的"领袖型民主"（leadership democracy）比较接近。韦伯在一次大战后，对于传统的巴力门式民主极感不满，认为已陷入党派利益之争，与民主之真意日远，因此主张直接由群众选举的总统，而非由巴力门选出。他认为这才是"民主的大宪章"，才是"民主的守护神"。

说到"领袖型民主"，就不能不谈到韦伯对"科层组织"（bureaucracy，一种横的分"科"、纵的分"层"、以技术理性为本的组织）的看法了。韦伯认为随着"理性化"（rationalization）的抬头，科技的膨胀，"科层组织"，因为它最有效能与效率，必然成为现代社会最垄断性的组织形态。有些人以为韦伯赞扬科层组织，殊不知他最大的隐忧就是漫天盖地的"组织科层化"（bureaucratization）对人类自由的窒息。这一点他是非常悲观的，乃至认为是人类无可逃避的"命运"。他认为社会主义之不可取，原因之一就是它不但不能化解"组织科层化"的趋势，且只有增剧"组织科层化"的危机。今日共产党国家几无不成为"科层式的社会主义"（Bureaucratic Socialism），正是韦伯所预言的。

韦伯生前，对德国政治最感沮丧的就是那像流行病一样的科层精神，当时影响巨大约有"大学教皇"之气概的施墨洛（G. Schmoller）对"组织科层化"之热情歌颂，使他尤感深恶痛绝。韦伯觉得"组织科层化"是现代社会的命运，但他不是肯向命运低头的"悲剧性的英雄"。他了解事物的限定性，所以没有幻想，但他从不放弃战斗。韦伯的一位年轻知己亨宁汉（P. Honigheim）说韦伯"誓言只要一息尚存，就要与任何组织、任何'超个人的结构'抗争。韦伯爱每个人，即使是一个唐吉诃德，只要他肯定自己，肯定个人"。为了防止"科层组织的阉割"，韦伯提出了 charismatic leader 的观念（此词中译极难，意指具有能激发人群风从与牺牲的天赋与才能的领袖人物，或可译天授性领袖。当然，在韦伯，charisma 一字是一中性字，也非必指人。如宗教改革即有 charisma of reason 之类）。他认为只有这类政治领袖才能唤醒当时政治冷漠的工人阶级，并控御科层组织大机器的自主倾向。这也是他所以有"领袖型民主"的政治观了。

四　　"天授式领袖"之论争

韦伯这个"天授式领袖"或"领袖型民主"的提法，作为政治社会学上的概念是很有启发性的，但在第二次大战后的德国知识界，却引起了对他不大不小的批判。这个火头是孟森（Wolfgang Mommsen）一本书无意有意点起的，火势一旦燃开，遂造成学术界上正反二派的对垒。最引起注意的还是一九六四年德国社会学会中发生的论争。这个学术会是为了纪念韦伯诞生一百周年而开的，举行的地点则是韦伯心爱的海德堡，谁知道这个纪念韦伯的学术会，竟然几乎变为控诉韦伯的大会。据有的学者（Roth B. Berger）的描写，好像韦伯象征性地站在一个"非纳粹化"的法庭上，接受公审。这个学术会所以开得走了样，主要是，马克思派学者马尔库塞（H. Marcuse）指控韦伯把价值与科学分开（即韦伯著名的"价值中性"的论点），使社会学为非科学、非理性的价值所用，并把韦伯的价值与帝国主义的权力政治连在一起，弦外之音是韦伯对纳粹之兴起不无关系。哈贝马斯固然不以为韦伯应对德国这段历史负责，但他不经心地说了施密特（Csrl Schmitt）是韦伯的"合法学生"的话。大家知道施密特是纳粹主义的思想旗手,也知道马克思主义者卢卡契(G. Lukács)曾说过施密特是韦伯思想的逻辑性的结果。这一来,立刻引起了纳尔逊(B. Nelson)、班迪克斯几位美国学者强烈的反驳,笔墨官司还打到《纽约时报》上。知人论世,月旦人物,实在不是件易事啊!

不过,据我们了解韦伯这个人的人格与学术取向,则可肯定地说,他一定是不屑并耻于纳粹的行径的。当年有人会问海德堡大学的哲学家雅斯贝尔斯(K. Jaspers):"如果韦伯还活着的话,他对国社党的德国会有如何的反应?"雅斯贝尔斯说:"他对德国的绝望定然会深到不能再深了。"我想另一个可能是:他会像托马斯·曼或法兰克福学派那些人一样,乘桴浮于海,到异国栖身了。葛士(Gerth)与米尔斯(Mills)说得很公允:

当然,以韦伯的马基雅维利之态度,要猜度他会否转向纳粹是十分无益的。诚然,他的"天授"哲学——他之对民主习性的怀疑与实际的看法可能会令他有这种亲近性。但是,以韦伯的人道主义,对弱小者的同情,对虚假与欺骗之憎恨,以及他之无时或断地抗拒种族主义,抗拒反犹太人的煽动,都会使他至少像他弟弟阿佛莱特一样,成为希特勒的严峻的"批判者"。

诚然，韦伯会否与国家社会主义妥协的问题，连政治观点与韦伯水火不容、狠批韦伯是"帝国主义者"、"反动派"的卢卡契，也斩钉截铁地在《新左派评论》访问中说："不会，永远不会，你必须了解，韦伯是一位绝对诚实的人。"

关于"天授式领袖'的观念，我倒同意孟森的看法。"天授式领袖"并不是解决现代人类前途的方法，我们应该寻求其他途径。天授式领袖固然常有开创局面、扭转乾坤的本事，固然有冲破"科层组织"造成之网罗的气魄，但是一个社会如果没有客观有力的制度的规约，而"天授式领袖"如又没有韦伯所要求的客观公正（Sachlichkeit）的品质与能力（D. Beetham 指出韦伯强调此），或没有韦伯所讲的"责任的伦理"（ethic of responsibility，这种伦理不但重自己的良心自由，也重他人的良心自由），而只有"信念的伦理"（ethic of conviction）或甚至是"一心自用的信念伦理"（ethic of single, minded conviction，此得之于施洛克德教授，这种伦理则只顾自己的良心自由，不理他人的良心自由了），则对人类社会常是害处多，益处少。希特勒、斯大林、霍梅尼都是显例，昭昭在人耳目。韦伯实在是太过分忧惧"科层组织"会替人类带来"铁笼"（iron cage）的命运了。韦伯对一切历史现象之发展都小心地用"或然"的形容词，唯独认为"组织科层化"则是历史之"必然"，实在有些"命定主义"的色彩了。用精神分析法替韦伯写了一部传记的米兹曼（A. Mitzman）这样说：

> 这个人的伟大在于：纵然他看到的是无可避免的了，他依然不终止地向那个他称为"铁笼"的残酷无情的命运挑战。

韦伯这个人看来是十分入世、具有"知其不可为而为之"的勇者气禀的知识分子，尽管我以为他在提出"天授式领袖"观念时太忽略或低估了它可能对文明的破坏力了。帕森斯在生前最后一篇讨论韦伯的文章中指出，不同于市场、大学、家庭这些制度，它们是"组织性"的，"天授性力量"（charismatic force）则是"非组织性的"，这种"非组织性的力量"可以是创造性的，也可以是险恶的。帕森斯以为韦伯的 charisma 与弗洛伊德的 id 有相似性，因为本能冲动也可以是有创造性的，也可以是险恶的。

五　实存主义的英雄

德国学者对韦伯的政治思想特别重视，一半是由于德国距纳粹之崩溃未远、知识分子内心仍有"余悸"和"预悸"：以此，对一切可能，甚至是极小可能与纳粹思想有关的都会作挖根式的批判。韦伯的政治思想中确有些"魔性"，而他又是对德国政治极有影响的人，所以他的政治著作就不免受重视了。当代德国知识分子对于纳粹对人类造成的罪恶大都有愧疚感，有严肃的反省，这是好现象，唯其如此，人类的文明才能往前发展。日本一些在朝在野的"知识分子"，几次三番地想篡改历史（幸而也有些具反省精神的知识分子），不知是愧对前人的罪孽？还是要重扬大和之魂？一个民族没有历史的智慧是长不大的，再豪华的物质也堆不起一寸的历史智慧。

韦伯政治思想之所以引人兴趣，另一半的原因实还是因为他是个十足的政治人。韦伯对政治有强烈的认同，而他也确是大才槃槃，绝不只是一位教书先生而已。他的一些同事就认为韦伯不入德国政治是"上帝可能降给德国之最大不幸"。在他走上生命最后一程时，韦伯自己也不得不承认："不！我是为笔、为演说的讲坛而生的，我不是为教室而生的。这个自白对我多少是痛苦的，但却是绝对不可置疑的。"他一直要人"像人一样"地面对时代的问题，他自己就是这样面对德国当时的政治的。慕尼黑大学"韦伯研究所"的主持人魏克曼（T. Winckelmann）就指出：

> 说韦伯在第一义上是一个科学家，一个学者，实在是再没有比这说法更远离事实了。这是绝对不正确的，这是与韦伯之生命实存意义不符的。韦伯是科学家与政治人的一体的化身。他这两个角色之一体性的结合成为我们这个时代一个真正的哲学的存在。

这样看来，韦伯在慕尼黑去世前三年中所撰两篇百口传诵之文：一是《科学作为一种志业》（Science as a Vocation），一是《政治作为一种志业》（Politics as a Vocation），可说象征化地呈现了在"学术"与"政治"之间的韦伯的终极关怀了。

韦伯五十六岁的生涯，留给后人追忆者极多，但他给人类最大的遗产是什么？我觉得艾勃伦斯基（G. Abramowski）讲得很好。他认为在韦伯一大堆看似零碎不整的著作中，有一个内在的统一，这是韦伯为一个问题而答复的。这个问题是："为什么一个有普遍历史意义的、特殊的理性文化，只在西方，特别是在西欧发生？”

　　在欧洲文化之理性化这个科学问题的背后，韦伯为一个深刻关怀的根本的实存的问题所导引，即理性资本主义、理性科学及一切理性的措施与科层组织所形成的力量对我们人类的意义何在？试想，在继续扩展的“组织科层化”和宇宙世界的科学“觉醒”（disenchantment，此字照帕森斯是指“魔术的灭失”与理性化）造成的条件下，对于人类的自由和负责的行为还能剩下些什么意义？对于一种有意义的生活方式还有可能再获得吗？（系根据 Ilse Dronberger 的英译）

　　韦伯对于西方升起的理性主义的悖论（paradox）确是比别人看得远，体验得深。这个问题一直折磨他，直到临死的一刻，因为他不回避，而想去了解它，想求答案。有人曾问他从事学术之目的。他说：“我想知道我能承受得了多少？”这是何等真诚艰苦的声音?！雅斯贝尔斯说韦伯是一实存主义的英雄，是一个“包涵了人之伟大性的人”。他说他的实存哲学即是从韦伯身上获得启发的。“我们不再有一个伟大的人能重新肯定我们的认同，韦伯是最后的一个。"以雅斯贝尔斯这样第一流的心灵，对于他有亲身接触经验的韦伯，竟能发出这样的礼赞！读韦伯书，不知其人，可乎哉？

论韦伯之人者，都说韦伯有"一种对生命的悲剧感"，主要就是因韦伯体验到西方理性主义（表现之于科学、经济及组织上）兴起后对人之实存意义的巨大阴影。这一种"悲剧感"在中国现代知识分子身上是少有的，中国知识分子不乏忧患意识，但不是韦伯式的悲剧意识。五四及接着五四时代的中国知识分子，基本上是沐浴在理性主义的阳光下，歌颂科学。当然，这与中国近代历史发展的特殊格局是有关的。毕竟中国从没有过西方那样的一个笼罩性的宗教体系。在海德堡"老城"的小巷里，在古堡传来的钟声中，有时我总难免会思索一些磨折韦伯的问题。

六　星光灿烂的"韦伯圈"

雅斯贝尔斯结识韦伯是在海德堡。有一位与雅斯贝尔斯同时代的学者，就是我前面提到的亨宁汉，他写过一本《韦伯追思录》的小书。开头一句是："谁要想认识韦伯这个学者，这个人，必须从他那个时代的海德堡的背景中去捕捉。"在海德堡看这本小书是一种特殊的享受。纳粹当权时，亨宁汉自德国流亡到美国。后来在密歇根州立大学担任社会学教授，去世已十几年了。这本书可看出他学问渊博，记忆力强，所以能把韦伯周围的人和事，写得那样贴切生动。他使我想起写约翰逊博士传的鲍士威尔，只可惜亨宁汉写的只是韦伯一生中的一个片段。他追忆的那一段美好的"老日子"恐怕是海大最鼎盛的时刻，海城最风光的日子了。那时海大学人如云，韦伯则是一位不教书的"荣誉教授"。韦伯是一八九六年担任海大教授的，但翌年即精神崩溃，几乎摧毁了他的创造力，此后靠旅游意大利、瑞士、西班牙各地观光养病，时好时坏，如是者六年之久。韦伯之精神崩溃与他跟父亲之冲突有关。韦伯极敬爱其宗教虔诚的母亲，却十分憎恶他专横的父亲，尤其不能忍受他父亲对其母亲之冷漠。后来卒至公开反目，并喝令其父亲离开其屋，父亲一走，父子再无相见之日，因他父亲数星期后就死了。这件事在韦伯心中产生了极大的罪疚，事实上，他的精神崩溃即种根于此。米兹曼的《韦伯传》即是从恋母情结着墨的。到一九〇二年，韦伯才渐康复；一九〇三年，韦伯研究写作又回复惊人之量，但他仍无法教书，同时他也承继了一笔可观的遗产，所以能够在海城做一个自由身的学者。那时他的声名已经远播欧洲，所以亨宁汉说耶聂克（G. Jellinek，法学家）与特勒尔奇（E.Troeltsch，哲学家）在海大有很大的影响力，"但比起另一个人来就很小了，虽然只有少数的人能够见到他，但每个人都知道他。他开了腔，那么他的话总是有人代为传扬开去的。这个声音是'海德堡的传奇人物'的声音，是韦伯的声音。"

韦伯没有教书，但他并没有成为学术界的边缘人，他仍是中心。他那幢坐落在古堡对岸，尼加河畔的宽敞的三层楼大屋不啻变成了海德堡最出名的沙龙。每个星期天，坐满了学术、文化、政治各界的名士。由于韦伯有一种性格上的魅力，他妻子玛丽安娜（Marianne）不只性情好，而且文采卓然，所以这个沙龙就特别吸引人了。沙龙中不只有常客，如海大同事，除他弟弟及上面提到的 Jellinek（影响韦伯对基督教伦理及政治统理之研究甚大）、特勒尔奇（Troeltsch）外，还有哥腾（E. Gothein，史学者，他是极少数在海大开过社会学课的）、文德尔班（W. Windelband，哲学者）、拉斯克（E. Lask，犹太人，哲学者）、甘道夫（F. Gundolf，文学家），等等，假期间，外地来的朋友有松巴特（W. Sombart，经济学家，韦伯几次推荐他接其教授之缺）、滕尼斯（F. Tönnies，社会学家）、西美尔（G. Simmel，社会学家），韦伯曾极力推荐他为海大教授，未果）、米歇尔（R. Michels，社会学家，韦伯认为海大至少应该给他一教书机会，亦未果）。再年轻一辈的有亨宁汉、雅斯贝尔斯、曼汉（K. Mannheim，社会学家）、卢卡契（G. Lukács，马克思主义学者）及其朋友布洛赫（E. Bloch）等。此外，还有非学术界的，包括政治家纽曼（F. Newmann）、胡思（T. Heuss，后来是德国总统）及名噪一时的诗人格奥尔格（Stefan George）及他的追随者。当然其他的自然科学学者、艺术家，还有一大堆。韦伯这个沙龙，真可说风云会合，星光灿烂。因为沙龙的主人翁是韦伯，所以时人称之为"韦伯圈"（Weber circle）。在韦伯圈里，韦伯的声音无疑是主音，他虽不会不让别人讲话，但据玛丽安娜说，在韦伯面前，还能真正发表独立见解的不多，有之，今日享世界性大名的卢卡契是一个。来自匈牙利的卢卡契与韦伯的世界观可说南辕北辙，他被韦伯夫人描写为"来自另一极的人"，但韦伯显然很器重他。卢卡契几次请韦伯帮忙，想在海大取得教授资格，韦伯二兄弟虽尽了力，但终因他的书不为其他教授欣赏，未能如愿。一九一八年后，韦伯对匈牙利发生的政局及卢卡契所扮演的角色都颇不欣赏，他们也从此再未聚头了。韦伯在给他的信中说："亲爱的朋友，当然是政治观点把我们分开了。我是绝对相信那些实验只会使社会主义的声名受损一百年的。"卢卡契生活在共产世界，与韦伯当然是越来越远，后来，他甚至把他意识形态上的错误归之于韦伯的影响。韦伯对他当然有影响，但是不是他"错误"的一部分，就很难说了，毕竟他在很多场合是很难不言不由衷的。韦伯与卢卡契这一段会遇已成为学术史上甚有趣味的题目了。但我对韦伯圈感到最大兴趣的还是那个大圈中的小圈，也即那几位社会学家构成的韦伯圈；试想韦伯之外，还有滕尼斯、西美尔、米歇尔、曼汉这四位，他们都先后是卓然成一家言的大家，他们的著作，不论是一般社会学、社会变迁、政治社会学或知识社会学都是现代社会学的源头活水。几乎可以肯定的是，没有了这个韦伯圈，今日社会学的面貌会完全两样。

七　帕森斯、韦伯与海德堡

一九二〇年，韦伯去世，"韦伯圈"也就因主人翁之声沉而星散，但一九二五年帕森斯到海德堡大学时，韦伯仍是"海德堡的传奇人物"（或应说"海德堡的传奇幽灵"了），韦伯圈的余辉犹在，帕森斯就是这样被罩在这余辉之下的。他说韦伯圈是当时欧洲最有影响力的圈子，也许只有巴黎的"杜尔凯姆圈"（Durkheim circle）可以媲美，当然，另一个重要的圈子就是维也纳的"弗洛伊德圈"了（这个就不能说是社会学圈了）。帕森斯说韦伯对他的思想产生了"极端重要的影响"。他读的第一本韦伯的著作就是《新教伦理与资本主义精神》，读后大为受用。他说：

> 后来我决定把它翻译（为英文）就是它对我的影响的一个指标。当我去海德堡时，我并无打算攻读学位，但我发现变为学位候选人没有太大困难，我就改变主意了。我决定了一个以韦伯著作为中心的博士论文计划。它关于德国社会科学文献中资本主义的概念。这个论文开始于马克思，结束于韦伯。

帕森斯于一九三〇年译的《新教伦理与资本主义精神》，使韦伯第一本主要著作在新大陆及整个英语世界流行。一九四七年帕森斯又译编了韦伯的《社会经济组织之理论》，并且还写了长达八十六页的长序。自五十年代起，韦伯的著作一一被译成英文，他在美国所受到的重视可说超过了在他自己的祖国，推源究因，不能说与帕森斯留学海德堡没有直接关系。但韦伯对帕森斯的影响尽管巨大，毕竟不能框住这位新大陆的大师。帕森斯自德国学成归来八年后（1937），出版了震撼当时社会学界的《社会行动之结构》大书。他综合了韦伯、杜尔凯姆、马歇尔、柏烈图这些巨子的思想，隐然构成了他自己的思想体系，并开辟了美国社会学上的帕森斯时代。所以谈"韦伯、海德堡、社会学"绝对不能不谈帕森斯的。

一九七九年五月二至三日，海德堡大学为庆祝帕森斯毕业五十周年，特地为他举办了一个隆重庄严的学术会议。大题目是"与帕森斯教授在一起的科学研讨会"，主题是："行为、行动与系统：帕森斯对社会科学发展的贡献"。与会者除海大社会学系的施洛克德教授、李普秀教授（R. Lepsius）为主人外，还有就是声名如日当中的哈贝马斯以及与哈贝马斯争一日之长的系统论学者，也是帕森斯在德国的思想传人鲁曼（Nikas Luhmann）等。帕森斯这位社会学的"大老"对这样的一个安排一定是格外愉快与感动的。当时，帕森斯的声光在美国正处于大低潮的时刻。其实，自六十年代末期起，帕森斯的理论就一直受到他发展建立的"结构功能学派"派外与派内的激烈批判。记得七十年代初他自哈佛退休不久，经香港去日开会时，我与几位同事邀请他到中文大学社会学系演讲，新亚书院人文馆一一五室挤得水泄不通，那时他的理论已经饱受抨击，但他老人家既淡定，又温雅，慢条斯理而又充满自信地把他系统论的观点用了一个钟头的时间，分析美国的大学结构，好像别人的批评与他的社会学理论没有什么关系一样。当然，可以想见的，帕森斯对当时英语世界中社会学界的情形不会是最感满意的。无论如何，德国的母校给了他这样一个任何伟大学者可能希望有的尊敬与荣耀，应该是他引为快慰的。他与他的夫人海伦也的确对研讨会的主人表示了由衷的欢喜与感念。

研讨会完后，帕森斯在海大的"经济与社会科学学院"发表了一篇《行动理论与韦伯的"理解社会学"之关系》（*On the Relation of the Theory of Action to Max Weber's 'Verstehende Soziologie'*）的演说。当然，在这篇重要的演说中，他又一次提起五十多年前他在海德堡接触到韦伯影响的往事。但想不到，这篇演说也就是这位一代社会学宗师的"天鹅之歌"，因为三天后，五月七日夜，他就在慕尼黑逝世了。这真是学术界一个奇妙的缘合。五十年前帕森斯在海德堡写的是韦伯的论文，五十年后，他又在海德堡，把自己的理论与韦伯的来印证。更不可思议的是：他与韦伯一样，都是在慕尼黑羽化登仙的。帕森斯青年时代到海德堡时，韦伯刚去世五年，缘悭一面，他一直引为平生憾事。这次他在慕尼黑与世界告别，我想他就可以与韦伯在地下抵掌欢聚，谈他对韦伯的仰慕，以及他对韦伯的"正解"，当然，还有他的行动论与系统论了。韦伯一定会热情地并带有敬意地欢迎他，当然也会讨论他们二人之间的学术异同，至于会不会说帕森斯后期的系统论太倾向杜尔凯姆的整合论上去，就不得而知了。但几乎可以肯定的，他们二人必会联袂魂回海德堡尼加河畔韦伯的故居，在二楼的阳台上，品饮玛丽安娜煮的咖啡，一边谈社会学的往昔与前景，一边欣赏古堡、古桥、古城构成的海德堡风光。

莱茵河的联想

　　替海德堡增添无限灵韵和妩媚的尼加河在曼海姆（Mannheim）与莱茵河会接。莱茵，这条源于阿尔卑斯山的历史之河，在德人和外国人眼中，代表了德国，因为它与日耳曼的历史是一起流动的。就像黄河、长江象征了中国一样。莱茵没有长江黄河的浩阔雄壮，但它平静的水流却也载满了历史的酸泪苦雨。诚然，无论是坐船或乘火车，见到两岸绿油油的葡萄园，就只会想起一杯杯晶莹透明的莱茵美酒。

　　九年前，在船上，我曾欣赏到五月晚春的莱茵风光。这次，在火车上所见的则是十二月初旬早冬的景色。自美因茨（Mainz）北上，莱茵的冬就恣意地展现在眼前了。山之麓，河之滨，无数黑白相间、绿门绿窗的农舍，在漫天雪花飞舞中，显得出奇的静穆幽丽。这是辛劳的农人的居处？抑或是神话故事中的屋宇？为什么那样不食人间烟火？而山之腰的一大片、一大片的"白"便是换了冬装的葡萄园了，最引人遐思的是山之巅一座座的古堡，像孤立在山头的一只只不知寂寞的兀鹰，有的已挺立在那里上千年了。莱茵的雪景没有它晚春时节的旷心怡神，但白蒙蒙的雪花里，却更添增了一份神秘。这情景最易想起法国施陶尔夫人（de Stail）所描写的德国——浪漫的神仙地，一个形而上学家和好梦者的国家。我身边带着的是一本罗蓝编的《莱茵河的传奇》。德国大诗人席勒曾说：

> 给我读神仙故事和传奇，
> 它们孕育着的都是好的，
> 美丽的种子。

的确，读《莱茵河的传奇》，比看德国的历史美丽得多，好得多了。德国的历史，特别是二十世纪上半叶的历史，太多刀光血影，太不好，太不美丽了。

当走出波恩（Bonn）的车站时，一眼所见的，比我心里想的还要小，还要平凡。这是德意志联邦共和国的首都（作者此文写于东西德统一之前——编注）？毫无疑问，这是我所见过最不起眼的"首都"了。不,这不像一个首都。有人说,西柏林是一个没有国家的首都,那么,西德应该说是一个没有首都的国家了。波恩是一个乡村,一个小城。为什么首都不设在交通枢纽、商业大都、有政治传统的"帝城"法兰克福?一九四九年这个问题是激烈地辩论过的,但最后是贝多芬的出生地,不是歌德的出生地,做了西德的首都。"为什么选波恩?"今天还有人在问。

来波恩,主要是想参观西德的国会。海德堡大学社会学教授李普秀的夫人(Mrs. R. Lepsius)是一位资深的社会民主党的议员。承她好意,安排了我参观议员大厦(Abgeordnetenhaus)。这是一座二十九层,面临莱茵河的大建筑。论高,是很高,但实在没有什么突出的性格,以德国那么讲究建筑之美的民族来说,这实在是难解的。国会大厦(Bundeshaus)是一座五层楼的白屋,白得像"白宫"之白,却没有白宫那份高雅的气质,原来这是以前一个教育学院改建的,怪不得呢!不过,当我看到下议院开会的情形,却油然产生一份喜悦与好感。这里有激烈的辩论,那天"绿党"议员发言最多,但没有流氓气,没有骂街。德国没有很坚厚的民主传统,但自一九四九年以来,三十六年中已经建立起一个有秩序、正正派派的民主来了。这是政治奇迹,比它五十年代的经济奇迹还要难,还要珍贵。希特勒和纳粹党人摧毁了魏玛民主，摧毁了法治，和尚打伞，无法无天，带给了德国及欧洲史无前例的浩劫。西德战后在反省的批判、批判的反省精神下再生，是置之死地而后的新生。德国文豪托马斯·曼（Thomas Mann）在二次大战的恐怖过去时，曾预言说："战败者的优势"。诚然，德国几乎是一切从头开始的，德国是真正的"重建"，重建的不只是物质的，也是精神的。民主自由就是重建的最好产品。

国会出来，沿着莱茵河，朝贝多芬的故居慢慢走去。这里所见的莱茵河已受到工业的污染，对于美国诗人朗费罗（Longfellow）"在此美丽的大地上，所有的河川，无一似伊般美丽！"的赞美就不易领会了。不过，它真平静，给予人一种可以忘忧的平静。在十九世纪中叶，法兰西的民族主义高涨，大唱莱茵是法国的"自然国界"，指出只要一天法国地图上见不到莱茵的国界，欧洲就没有持久的和平。当时，日耳曼的民族情绪也一样的亢奋，有些作家还搞起"莱茵崇拜"来。在德人眼中，"莱茵，是日耳曼之河，不是日耳曼的边界。"莱茵竟致成为两国骄傲的象征，竟致成为"法德世仇"的象征！这个"世仇"之结现在终于解了。看到眼前平静的莱茵河，我想起战后西欧政坛的阿登纳和戴高乐二位老人来！

在德国，到哪里都少不了看看博物馆。德国博物馆真多，大城有，小城亦有。波恩的一个博物馆正展出一九四五年以来德国社会转变的图片与绘画。在图片上，看到科隆（Köln）被炸后的情景，残墙断瓦，一大片，一大堆，竟看不到一幢完整的屋宇。这个阿尔卑斯山以北最重要的"罗马城"，百分之九十成了灰烬，战争的残酷，怵目惊心。有一张照片，一群黑衫白领的修女，跪在科隆大教堂附近瓦砾上祈祷，画面苍凉冷寂，世界一切都静止了。真奇妙，如此庞大的建筑，前后左右的屋舍都炸毁了，就是这座盖了六百余年（1248—1880）才完成的大教堂，却只有些微的损伤，这怎么解释呢？是不是原始设计的巨匠盖赫德（Gerhard）阴魂的护佑？是的，他赍志以殁，未能看到大教堂的完工。盖赫德死后，大教堂一直被荒遗着，夜半时分，在大教堂的废墟中，常发出懊恼叹息的异声，科隆人说，那是盖赫德死不瞑目，因为他曾立意要使它成为西方世界最伟大的教堂的。一直到一八八〇年，在伏格泰（Voigtel）手中，这座伸入苍穹、俯视莱茵的大教堂才补建完成，此后就不再听到盖赫德的叹息了。

从波恩到科隆，只有二十分钟的车距。抵波恩第二天，科隆大学的巴罗（Barao）教授接我去科隆。在他的研究室中，交换了不少意见，想不到他对澳门有这么大的兴趣。科隆我九年前就到过的。像九年前一样，再见到盖赫德的大教堂时，又再一次产生震动性的惊叹。如此巨大宏伟的建筑，只能叫人联想起长城、大运河！

科隆这个莱茵河上的罗马人古都，战后迅速在灰烬中重建了。今日，我看到的是一片兴旺，科隆又成为文化、贸易和工业的重镇了。人口八十余万，是莱茵区的第一大都。在西德，也是仅次于西柏林、汉堡、慕尼黑的第四大城。在科隆，到处看到的是古罗马的踪迹，而不是二次大战的痕印。在波恩三天，走遍了这个"小都"的"古城"，战后加上去的哥特斯勒格（Bad Godesberg）和其他几个卫星小镇，比原来"古城"大了四倍，就无法一一去了。熟悉了波恩的"古城"后，越来越觉得波恩可以居，可以游了。来波恩旅游的人，大都以为值得参观的就是国会和贝多芬故居。错了，我就错了。波恩实际上是德国最古老的城市之一，是一个非常精致、文化气息十分浓郁的大学城。波恩大学的前身是一七七七年大诸侯弗里德里希（M. Friedrich）建立的学院。一七九八年法国人把它关闭了，到了一八一八年，莱茵区归属普鲁士帝国之后，大学重开，命名为"皇家普鲁士大学"，一八二八年后大学正式的名字是 Rheinische Friedrich-Wilhem- Universität，当然，我们只管叫它"波恩大学"。西德这个不过二十八万人的小都，大学生却占了三万，所以书店特别多，咖啡店、酒馆也特别多。德人喜欢聊天，谈学论道都在杯酒之间。

波恩大学自一八一八年就搬到十六世纪科隆大诸侯所建的巴洛克式皇宫里去了。很少大学有这样富丽堂皇的校舍，有之，可能就是曼汉的曼汉大学了。这个战后重建的黄色宫宇的后面是法国式的宫廷花园。花园的颜色随四季之转而变，但总是一片静穆庄严。不过，大学的前门，就面对古城市中心的大街了。像德国其他小城一样，市中心都列为了"行人区"，汽车与人抢路的情形是见不到的。"心不在焉"的教授尽可以在大街上做白日梦。Remigius街的安详雅丽，在世界"大城"中，恐怕只有在慕尼黑才找得到。慕尼黑有大城的规格，却有小城的风味。我是十一月二十八日到波恩的，这一天开始，德国圣诞节的气氛就浓起来了；街头上的饰灯，在夜色中熠熠生光，而"市墟广场"的贝多芬铜像下，摆满了一幢幢的临建小木屋，这就是一年一度的圣诞市场了。在一个满置各色各样的蜡烛的小木屋前，我驻足不前了，太漂亮了。"你是住在波恩的吧?!"我问这个小木屋的主人。"不是，我是荷兰人。""那你为什么不在阿姆斯特丹卖呢?""荷兰人已不知道什么是圣诞节了。"奇怪，德人在现代化上是欧洲最居先的，但对传统的拥抱却一丝不落人后，波恩像海德堡一样，整个十二月都浸在圣诞的钟声烛光中。

波恩的波恩街二十号是贝多芬的故居。在那么平凡的小街上，在那么平凡的二层楼的小屋中，特别是二楼那间那么平凡的小房间里，就是贝多芬出生的地方。贝多芬是个矮个子，真想不到他的交响乐给人那种雄伟浩阔的力量。但他的气宇很不平凡，那双眼炯炯有神，那张抿着的嘴最显出倔强的意志了。二十七岁他就患了"失聪症"，未及三十二岁，就活在死亡的阴影下了。他的命真苦，第十交响乐之不能完成，就是因付不出煤炭钱。死之时，狂风怒啸，雷雨交加，势若万马奔腾，莫非就是他的遗曲?! 看他一八〇二年写的《圣城遗嘱》，那一笔书法，可惜不是中文的，否则一定是高标独举的"贝多芬体"! 在法兰克福，我曾去过歌德的故居，宽敞多了，体面多了。年轻时，曾迷过他的《少年维特的烦恼》。其实，歌德一生的爱情多彩多姿，在爱情上，只有他使人"失恋"，一点也不像维特那样悲剧性。歌德命好，一生十全十美，他的才华也是十全十美的，不只是诗人、剧作家，还是律师、政治家，同时在自然科学上也有不凡的成就。完全不似贝多芬，歌德是了无遗憾地与世告别的。德人对于过去的文学家、艺术家都有亲切的慕悦与崇敬，到哪里，都有他们的纪念物。西德如此，东德亦然。政治使他们分裂，文化还是有让他们连在一起的地方。二十世纪的德国，两次亡了国，但文化未亡。文化是根，根未断，所以在废墟中又复活了。

离开波恩前一天，纽曼（Newmann）博士本来准备陪我去爱非尔山（Eifel）的，我已久仰爱非尔（老火山）一带的风光，特别是从那里，居高临下，最能通览莱茵河的胜景。无奈大雪，不良于车行，纽曼在电话中说："遗憾去不了爱非尔，但我会给您一个惊喜。"在纽曼车子里，他也不告诉我去哪里，只知道车出了波恩市区，又过了莱茵河，在雪地上行了几十分钟，然后在一个小镇停了下来。风景优美，空气清新，附近的山势雄健秀丽，我问："这是什么山？""七高山（Seven Mountains）。"这名字不期然令我想起了马料水山头中文大学日日面对的"八仙岭"。尽管不一样，但二者的风姿，看了都叫人舒服。再走了一段雪地，纽曼指着半山的一间白屋，"我们去那间白屋看看。""谁的屋？""阿登纳的。"噢，这确是给予我一个惊喜。阿登纳不是传奇人物，但德国之所以成为今日的德国，与这位战后的政治人物的名字是分不开的。他是俾斯麦之后德国最重要的政治家。

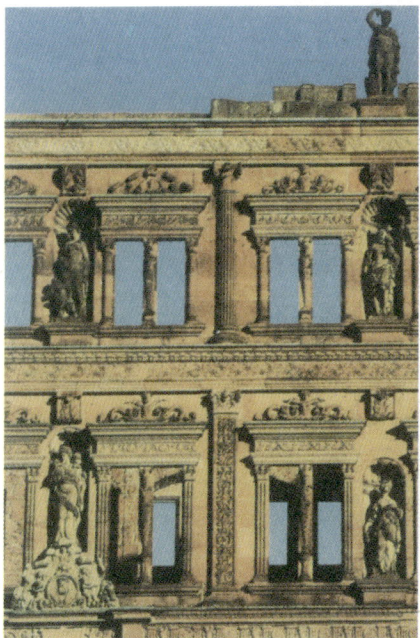

海德堡，在古堡上

海德堡的黑森林

海德堡之秋

巴黎，塞纳河上

喷泉脚下闲坐的年轻人

日内瓦一景

萨尔兹堡的古堡

白屋在山腰上，登上了五十八个石阶的山坡，来参观的老年人有些脚力不继了。阿登纳在一九三八年盖了这所屋子，他故意要与汽车绝缘，盖得高高的。要来看他，就得爬山坡，他在八九十岁时脚力还是那么健。阿登纳生前，种树莳花，像个花农，他不愿意把公事、国家事带进这间白屋，这完全是他个人的世界，他与他家人的世界。未进门，已被周围的树木、花草和石雕吸引了。松柏、樱花、苹果树、石南花、茶花、郁金香，更多的是这位老人最喜爱的玫瑰，这一切都是阿登纳亲手经营的。这所灰顶白墙的屋子，当然算不上堂皇华丽，但无疑可以看出屋主人是挺有品味的。音乐室、客厅、饭厅、卧房、书房、船室（因过去船钟挂在这里而得名，事实是早餐室），都称得上典雅精致，里面的装饰物就一一具有历史的价值了。客厅里的陶瓶是戴高乐送的。戴高乐曾以屋主人私人朋友的身份在这里住过。船室里的二幅油画，一幅是丘吉尔的残缺的古庙，一幅是艾森豪威尔的山水。这幅山水有点"舞文弄墨"，没有什么精彩，丘翁的画也好不到哪里去，但毕竟有些才子气。饭厅里的一瓶酒，在他九十岁生日时也刚好是九十年，现在已是百年的"老酒"了。毫无疑问，最令人激赏的是客厅窗口所见的一幅自然的大画，那是莱茵的景。这次虽不能到爱非尔看莱茵，但这里所见的莱茵一样大有可观！窗外的莱茵是那样的宁静无波，我相信这是屋主人所最爱欣赏的景色。

是的，阿登纳的终生大愿就是结束法德的世仇。自一九四九年到一九六三年，他是西德的首相。当选，再当选，又当选。在这十四年中，他始终是西德的掌舵人。在他的领导下，德人创造了经济奇迹，使西德在战火中迅速复兴。阿登纳代表德国，公开承认国社党是用了德国的名义，追求邪恶的第三帝国的迷梦！阿登纳应该不会不希望有一个统一的德国。斯大林是赞成德国统一的，但他只允许德国在共产主义下的红色的统一。阿登纳为了保障西德的自由，同时也压根儿厌恶纳粹的"大德国"的臭味。他决心与西方结盟：一方面与法国化解世仇，一方面组织欧洲大社会。今之人中，依然有人责怪他倒向美国，断了与东德的统一之路。也许这些批评不是毫无道理，但当时阿登纳的政敌社会民主党的舒美克（Schumaher）主张德国统一。但实际上有可能吗？即使让德国"中立化"，又达得到吗？瑞士蕞尔小国，天生就有中立的条件，而德国在欧洲是庞然大物，能"中立"得了吗？苏联会允许吗？美国、英国会同意吗？特别是法国和其他欧洲小国会放得了心吗？而一个统一强大的德国愿意或能够永远中立吗？

阿登纳是科隆人，他做过科隆市长，在盖世太保手上吃过苦、坐过牢。一九四五年美国促使他回去当被毁得体无完肤的科隆市长；但英国竟以他"无效率"把他解了职。一年后，这位喜欢玫瑰而不愿被称为"种玫瑰的人"的阿登纳，就在英国管辖区内当选了基督民主党的领袖，并成为战后西德重兴的政治家。他的外交政策也许会继续受到争论，但他在内政上至少比俾斯麦还要成功些。阿登纳不是天生的"民主人"，但在他的任内，西德发展了为万世开太平的民主。

看着这老人的肖像，额上刻着一道道的皱纹，没有笑容，也许他觉得德国并没有获得长远安顿的基础吧！我看看周遭的访者，少得很。有几个老年人，也有一两个幼孩，但就没有年轻人，这么短的时间，他就被新一代的国人遗忘了？

窗外，莱茵的水静静地流着，莱茵流着的是德国的历史，我不能不想起统一德国的俾斯麦来。

从波恩北上到汉堡，倒不是专为去看俾斯麦的故居，我是专程去看台湾大学的同窗聂有溪博士的。他热情的来信，使我无法不到德国北方的水都一行。台大骊歌之唱，二十有八年矣，我们分手应该有二十六年了，"昔日君未婚，儿女忽成行"，在汉堡有溪家中，看到他夫人和两个很有礼数的孩子。在喜悦中不免有光阴如箭的唏嘘。我们忙着谈德国的事，两天的欢聚竟没有只字提起台大法学院法律系的当年，也许，那是"太久"的事了。

汉堡是德国北方第一大都，人口一百八十万，面积与香港差不多，汉堡的重建又一次令我体会到西德复兴的意义。二次大战时，死了四万八千人，毁了三十万幢建筑，但现在哪里有半丝战火的遗迹？即使重建的屋宇也是归复了原有趣味与风格。我不知道它原来是世界第一个有地下铁的城市，我也不知道它是比威尼斯有更多桥（一千三百座桥）的城市，我更不知道它是世界绿化最好的城市。汉堡有许多世界之"最"，当然包括男士很少不去一游的世界最多声色之娱的 Reeperbahn 街！

汉堡已远离莱茵，它是易北河上的大都。俾斯麦的祖先就住在爱伯河的东岸。从汉堡乘地下铁到艾墨尔（Aumühle），再转火车到弗里德里斯鲁（Friedrichsruh）这位铁血宰相的故居，大约一小时。

在艾墨尔等车的时间里，到一家叫 Fürst-Bismarck Mühle 的餐馆喝咖啡，这是一幢十九世纪德国典型的木屋。门前是一个已结了些冰的小湖，湖中的倒影越显出这幢木屋的拙趣。"为什么这餐馆用俾斯麦之名？墙上又到处挂着他的像呢？"我问一位伙计。"这是俾斯麦家的产业呀！"原来从艾墨尔到弗里德里斯鲁，一大片的山林都是德王威廉送给他的老臣的采邑！

在弗里德里斯鲁下了火车，走不到十分钟，就是俾斯麦的博物馆了。这个博物馆不大，但可看的东西真不少，那些巨大的银雕金刻的功勋牌，迄今还隐隐生辉。但整个馆里，除了我之外就是我的足声了。在一个玻璃柜中，展出的是李鸿章当年来此拜访这位铁相时所题的字，上面有"仰慕毕王声名三十余年……"这些话。的确，俾斯麦曾被视为当时欧洲最伟大的政治家，而他的声名到一八七一年统一德国时，更是如日中天了。当这位七十二岁的老宰相被威廉二世贬黜时，弗里德里斯鲁成为了德国的圣地，朝圣者不绝于途，生前他是一位"传奇人物"了。

俾斯麦常说，一个人能做到的很少很少。不过，他确是只手改变了德国命运的巨人。但是，尽管他用尽心机，他想要防止、想要拖延的事，世界战争，世界革命，最后，其实在他身后，不久都一一发生了，而他热爱的普鲁士国连名字都已在人们记忆中淡褪了。韦伯说得对，俾斯麦政治成就的悲剧，就是他老年时已无法适应他自己创造的帝国的经济结构了。所以，俾斯麦还是对的，一个人能做到的是有限的。历史就是这样清清楚楚地展示，但人就是不肯从历史中汲取教训。三十年代，德国的一个狂夫，一个魔术师，他甚至不要人把他与俾斯麦一起比，因为他认为他比俾斯麦还要伟大得多，他要建立连铁血宰相做梦都未做过的德意志大帝国！就是这个狂夫，把德国推向血渊骨岳，点燃了世界大战的火头。就是这个狂夫的罪孽，使德国今日年轻的一代对于德国的"政治之过去"产生罪疚感、无奈感、虚无感。今日的德人像阿登纳一样，从不提"过去"，他们把希特勒一路通向俾斯麦的历史，一笔涂销。德国年轻人生活在"政治断层"的时代里，他们把一九四五年看做是"零年"，一切从零年开始。

无怪乎，弗里德里斯鲁这么大的地方，只有我这个好奇的异乡客。

从弗里德里斯鲁，我没有搭火车，穿过一大片森林，慢慢走去艾墨尔。这片森林，好幽静，也好冷冽。此刻，埋在雪里的落叶，在阳光下，又在溶雪中透露出紫红的鲜艳，像踩在一大块、一大块晚秋色的地毯上，我想，这山林在秋天该是很美的。

临近艾墨尔的林边，看到一位长满胡须的年轻人在散步，终于遇到一个德国人了。"您在此有何贵干呀？"是我问的。"寻找灵感。""从俾斯麦身上找灵感？""不，不是。""您去过他的故居吗？""我没有兴趣。""就在不远的地方呀！您可知这就是俾斯麦常散步的森林吗？""我知道。"原来他是一个演员和剧作家，他说他有一个剧本不久就要在"布亨"市演出，讲的是一九四五年以后德国年轻一代的彷徨和思索。是的，俾斯麦对德国年轻一代来说，已是太久太远的事了，尤其是通过了一个噩梦一般的"第三帝国"，他们更不愿记起"过去"了。谁又愿意面对只会引起罪疚与羞愧的"过去"呢？但"零年感"，似乎也并没有带给德人一颗可以安身立命的心。人是无法逃避历史的，"过去"与"现在"的边界又是如此的稀薄与模糊！无论如何，人是发展的，社会是发展的。人可以斩断"过去"，但不能不生活在"历史"中。德人是太怕重蹈第三帝国的覆辙了；这是好的，但真正的勇者境界是面对历史，从错误中汲取智慧。戈乐·曼（Golo Mann）说得很有意思："问这样的事'会不会'重演，在我看来是无意义的，我们'要不要'它们重演，才是更有意义的问题。"在想这样的问题时，总会联想起中国大陆上许多人依然心有"余悸"和"预悸"的文化大革命。

南归的火车上，又见到了莱茵河。这一周的北方之旅，恍惚行走在历史的隧道中。

柏林的墙

　　在东西德统一之前，德国居欧洲的中心地带，海德堡在地理上又是德国的中心。坐一小时火车到法兰克福，从法兰克福，乘泛美客机（西德的民航机不飞柏林），也是一小时，到西柏林（作者此文写于东西德统一之前——编注）。西柏林像是共产德国汪洋中的一个小岛，距西德最近的疆界也有百余里。它是完完全全孤立的。

　　西柏林的地位非常特殊。它是德意志联邦共和国的一个"邦"，是与西德的经济、法律、行政相连的"特区"。虽然它有民选的政府，但却是欧洲目前唯一军事占领的城市。根据一九四九年伦敦协议，柏林被瓜分，由美、苏、英、法四国联管。苏联所统治的恰是柏林的一小半。由于苏联存心吞掉整个柏林，所以"东""西"的冷战在热战刚结束就开始了。一九四八年时，苏联割断通向西柏林的一切陆上交通，西方联军只好以空投来维持西柏林的生命线。起初，一天十架，继之百架，最后每日以千架次往返于西德与围城之间。在这场史无前例不冷不热的柏林"解围战"中，联军的空运人员牺牲了七十人，德国工人牺牲了八人，这才使西柏林活下去，挺下去，苏联最后也只好让步，撤销封锁。一九四九年五月二十三日，德意志联邦共和国呱呱落地，未几，德意志民主共和国也成立了。这就是今天的西德和东德。

五十年代，东德逃往西德的不下三百万人，一半以上是通过柏林的。不以修养到家出名的赫鲁晓夫受不了了。一九六一年八月十三日，一夜之间，在苏联坦克威镇下，东德士兵和工人在东西柏林之间建立了一道墙。开始是电线和路障，但依然阻不了逃亡潮，接着就换了水泥钢筋。这道九尺高的丑陋之墙就这样把柏林一割为二。这是违背伦敦协议的，更是不人道的。不过，联军眼巴巴看着，没有能做什么。西德情绪高涨，认为这不啻是在德国分裂的文件上盖了最后的印。阿登纳沉默了很久，他一直是主张实力外交的，最后在电视上向国人报告为什么他不能有所行动。他说，核战的危险性太大了。从此，在"核战恐怖"下，柏林的局面冰冻了！一九六三年，潇洒英俊的肯尼迪总统在西柏林说："我也是一个柏林人！"话说得真叫柏林人舒服，一时间，情绪亢奋得很，但毕竟只是一句漂亮话！

作为一个中国人，对德国的命运不由不特别注意，对柏林这道墙更不由不特别敏感。除了长城之外，这是世界最著名的墙。不同的是，长城是防外敌入侵的，柏林墙是防人民外逃的；当然，长城美，柏林墙丑，前者一年四季都入目可观，后者春夏秋冬都一样刺眼。不过，二者也有相同之处，长城与柏林墙皆是今日观光工业的重点了。天下事，就这样不可思议！

为这道墙，我来德国前就决定要去柏林了。

十二月九日到十二日，在柏林待了四天，十二月十日去了东柏林一整天。

柏林很久以来就是一个响亮的名字。柏林与太多美的、丑的符号与事物强烈地连在一起。无论如何，今日它已与俾斯麦的帝国之柏林告别；已与二十年代、三十年代集欢乐与颓废大成的柏林告别；也已与纳粹的第三帝国的柏林告别。一九四五年战争结束的一年，柏林是一片焦土残垣，但不过三十年，柏林再生了，是烈火中再生的火凤凰；是两只，不是一只。不过，这是两只性格迥异的火凤凰。

西柏林的重建真快，今日已看不到一点战火的遗迹了。有之，便是威廉帝君纪念教堂（Kaiser Wilhelm Memorial Church）那个残缺的钟塔了。像海德堡的残堡一样，这个钟塔也已被视为"柏林最美的残缺"。它是故意被保留下来，用来告诫国人战争之可怖。柏林曾受三次空炸。第一次在一九四〇年，那是英国对德国闪电空袭伦敦的报复；一九四三、四五年两次则是英美地毯式的轰炸；最后的一次，在一个钟头里，一里半方圆的市中心全被铲平，成千成万幢房屋刹那间灰飞烟灭。不错，希特勒对敌人是无所不用其极的，盟军在那个战争的日子里，怎么能手下留情?!诚然，当时的心态是，对付希特勒，对付纳粹，对付德国是一而三，三而一，不必分的。以牙还牙，什么方法都是合理的。是的，在那个今日德人不愿回首的日子里，当时的德人，不是很少，而是很多，都是跟着希特勒疯狂走，都是像患了癫痫症一样，难怪阿登纳公开表示过："在国家社会主义时期，德人所作所为使我鄙视他们。"但是，毕竟也有不少德人与希特勒和纳粹是不共戴天的。唉，在战争中，人不是全疯，就是半疯；不是全盲，就是半盲。有多少能不疯不盲的呢?

　　西柏林重建得也许太快，也许不能不快。许多新建的屋宇都是灰暗的、单调的、无个性的钢筋水泥。真能令人悦目、值得观赏的还是那些古建筑，那些恢复旧观的新建筑。"夏绿蒂宫"（Charlottenburg）富丽堂皇，居然无恙！那座因一九三三年神秘着火而著名的帝国国会大厦是重建起来的，还是写着"献给德国人民"字样，里面有一个展览："反省德国的历史"，它对一八〇〇年以来德国的政治社会史，有一个很坦白严峻的反省。日本有许多地方学德国，有的还青出于蓝，在这方面，日本为什么不学?!

讲重建，东柏林一样值得大书特书。东柏林的复原比西柏林慢了好多拍，至今还容易见到战火的遗痕，但战前许多古老光辉的大建筑，都一一重建起来了。在雄伟的勃兰登堡门（Branden-burg）之东，那条菩提树大道（Unter den Linden，中译为"在菩提树下"）一度是柏林最宏伟的大道，这是腓特烈大帝视为帝都最中心的建筑群，最能显出十八世纪的荣光。一直到二次大战被毁前，它的光辉，熠熠夺目。东柏林现在已重植菩提树，一些巨大的建筑或复原或新建。希腊庙宇式的德国国家剧院就巍巍然竖立在洪堡（Humboldt）大学前面了。距菩提树大道不远处，东德也努力在回复老柏林的另一个大建筑群。中央是巨柱擎天、气魄雄伟的大剧院（Schauspielhaus），左边是雍容华美的"法国大教堂"（Franzosischer Dom），右边正在动工的则是"德国大教堂"（Deutscher Dom）。这些建筑的复原，不只需要大资金，还需要大魄力。东柏林慢条斯理地，一幢幢、一座座地恢复。一般公认东柏林之重建比西柏林更能彰显老柏林的原趣。当然，东柏林包括的是老柏林原有的中心区，而它又是东德的"首都"，特别是为了要与西柏林竞赛，不能不卖气力。有趣的是，东柏林不但——恢复古都的旧观，甚至连腓特烈大帝的马上铜姿也从波茨坦搬回菩提树大道来了。除了"卡尔·马克思大道"是模仿莫斯科，发扬"共产主义精神"外，东柏林表现出来的则是重显普鲁士的昔日荣光。我们得知道，东德尽管是莫斯科的卫星国，但东德人还是有德国民族的自豪。东德的工业在欧洲排名第五，在世界排名第十，国民所得高于意大利、爱尔兰，更妙的是，电视机的平均拥有率比法国还高。的确，他们很"德国"，至少在东柏林遇到的人，好礼；见到的地方，干净。当然，东柏林要跟西柏林比还有一段大距离。"菩提树大道"纵然庄严宏伟，"亚历山大广场"尽管也多了咖啡店、餐馆、小商铺，但较之西柏林"柯芙斯姐大道"（Kurfursten，昵称 Kudamm）的火树银花，城开不夜，就显得黯然失色了。二里长的 Kudamm，车开六道，行人道更是宽敞惬意，它有一千一百家商铺、百货公司、时装店、咖啡店、剧院、画廊。那情景，那气氛，令人想起巴黎的香榭丽舍。是的，Kudamm 所见的女士在婀娜妩媚中更多一分刚健的风姿！

西柏林也许是资本主义的西德中最有资本主义色彩的，而西柏林中最炫耀资本主义物质之富美的应是"维吞班克广场"的

KaDeWe 大百货公司了。员工二千八百人，一层层的摆设，处处显出商业与艺术的结合，连来自东方最资本主义化的香港的我，看了都只有赞叹的份儿。特别是它六楼的"食品楼"，装饰之雅，品类之富，非亲见不足为信，五百种面包，一千种香肠，一千五百种芝士！到柏林的人，除了看墙，不能不到此楼一游。相对之下，东柏林在"社会主义橱窗"，何其平淡、寒伧。离西柏林的当晚，我在"欧洲中心"顶楼的 I-Punkt 咖啡馆外眺，西德这个"特区"，夜景之缤纷灿烂，恐怕只是稍逊于香港维多利亚港的两岸！

东柏林与西柏林，可说是"一城两制"，只要墙存在一天，就是两个迥然不同的世界。其实，墙的西边最吸引人的地方倒还不是资本主义的物质之富，而是它的自由，自由使西柏林这只火凤凰充满文化的活力。

西柏林有动人的文化，早在一七〇〇年，莱布尼兹（Leibniz）到柏林，建立普鲁士科学院时，就使柏林取得德国的学术领导地位了。柏林在德国的文化中，三百年来，一直有很特殊的位置。薛勒梅客（Schleiermacher）在《德国大学偶思》中，对于选择柏林作为一所伟大大学所在地的构想，有这样的话：

为什么是柏林？是否这样的选择是鉴于唯有柏林才能提

供的好处？诚然，这些好处是显而易见的。因为柏林是一个学术、天才、艺术的丰盛的中心：它拥有许多机构，正可能支援一所大学。反之，这些机构也可从大学中获得一个新的光辉，一个新的希望。同时，柏林提供了一个最有文教的生活模式。

薛勒梅客的话是一八〇八年讲的，那是一个思想风发、人才辈出的年代。一八一〇年，伟大的柏林大学（洪堡大学）就诞生了。

柏林在俾斯麦打败法国，统一德国之后，享有了好一段安定的日子。工业上一日千里，成为工业的重镇。到了二十世纪初叶，更无可争议地成为德国政治与文化的大都会。艺术家如印象主义、表现主义的 Max Leidermann、Louis Corinth 等开始在绘画上向慕尼黑的地位挑战，维也纳的 Max Reinhardt 成为德国剧院的负责人，决心使柏林成为领导欧洲的剧场中心。德国音乐上浪漫主义的鲁殿灵光 R. Strauss 就在皇家歌剧院任总指挥，而科学家有发现肺病、霍乱病病菌的 R. Koch，有名重一时的物理学家普兰克（Max Planck）所建立的著名的 Max Planck 研究所，二十世纪最伟大的科学家爱因斯坦就在这里负责物理学。真是风云际会，极一时之盛。一次大战后，普鲁士的气息烟消云散，柏林更变为一个百花齐放、光怪陆离的艺术之都，荒谬与严肃一齐登场。Otoo Dix、Max Backmann 的画就告诉我们那是什么世界了。文学上左翼的 Heinich Mann 当选为普鲁士作家学院主席，布莱希特（Brecht）继承了 Max Reinhardt，电影制作家如 Fritz Lang、Joseph Von Sternberg 可说是一代的先驱。进入二十年代之后，世界经济不景气，失业大增，通货膨胀更到了上街要用皮箱装钞票的地步。到了一九三三年，希特勒上台，一个绝对荒谬疯狂的时代开始了。五月十日那天，纳粹组织了成千的学生，拿着火炬游行到菩提树大道洪堡大学门口。他们手中有书，但不是去上课，而是到火炬场，托马斯·曼（Thomas Mann）兄弟二人的书，爱因斯坦的书，弗洛伊德的书，左拉、纪德的书，都烧了。学者、文士、艺术家当然只有自求多福，各奔前途了。从此，柏林进入了文化的黑暗时期！

但今日柏林又重生了，在政治上、经济上重生，在文化学术上也重生了。诚然，这还是由于它的底子厚、人才多。西柏林的博物馆、图书馆多不胜数，虽没有东柏林的 Pergamon 那样雄伟的博物馆，但新建的 Dahlem 博物馆、国家艺术馆、国家图书馆均是第一流的。二次大战时建筑被毁，珍藏的艺术品、书籍却未遭战火。德人不只爱文化，简直崇拜文化。萨克逊邦肯花三千二百万马克从伦敦拍卖行买回十二世纪的 *The Evangeliar of Henry the Lion* 这本书，与其说是出于对宗教的热忱，不如说是出于对传统与乡土之爱。我在柏林时，这本世界最贵的书正在"艺术与工艺博物馆"（Kunstgewerbe Museum）展览。

西柏林政府对于文化的鼓励不惜工本，遂而吸引了欧洲不少一流的人才，特别是学生与艺术家。他们可得到政府特别津贴，还可以免去服役的义务。既然原来柏林大学（洪堡大学）落到墙的那一边了，墙的这一边就在一九四八年建立了"自由大学"。自由大学外，还有技术大学。加起来有七万五千学生，三万教职员。此外，还有无数以 Max Planck 研究所为首的研究机构，共有五千多专业的研究生。这次，我在柏林作客的是"柏林高级研究所"（Wissenschaftskolleg Zu Berlin，英文名是 The Berlin Institute for Advanced Study）可能是柏林最新、也可能是最有前景之一的高级学术机构。它成立于一九八〇年六月，由私人基金会支持，所址原来是一豪华的私家别墅，气质典雅，充满书香。毫无疑问，柏林高级研究所的理念是从普林斯顿高级研究所那里得到启发的。这个研究所不大，共四十位院士，研究所的午餐方式，使我觉得回到了九年前剑桥克莱亚书院（Clare Hall）的日子了。特别高兴的是与该所两位"永久院士"之一的列普尼士

（Wolf Lepenies）教授会面。他是自由大学的社会学教授，原来是普林斯顿高级研究所的院士。德国人还是回到了德国。他刚出版的《三个文化》一书，引起我很大的兴趣。不知这本大书会不会像斯诺爵士（C. P. Snow）的《两种文化》那样造成世界性的注意或争论呢？在高级研究所的早餐桌上，天天见到盘恩彭教授（N. Birnbaum），谈得很愉快，我最记得他写的《马克思社会学的危机》那篇文章。说到马克思，我很不易忘掉在东柏林时访问他母校洪堡大学的经验。

洪堡大学在战前极享盛名。所以，我一过了"查理检查站"（Checkpoint Charlie），就向那所大学步行而去，不到十几分钟就到了。建筑很古典，只是有些破旧了。校门前洪堡兄弟两人的石像都有"智者"的气禀。在一个学生的餐厅里，在两位同学面前自我介绍后就坐下来跟他（她）们一起喝咖啡了。我发现他（她）们都十分喜欢跟我这位不速的东方客谈天。慢慢就增加到六位同学了。有学法律的，有学教育的，也有学文学的。奇怪，他（她）们的英语都讲得很不错。尽管俄文是必修的，但他们都更喜欢选修英文。在两个半钟头的言谈中，我嗅不到教条味，只有在谈到德国统一问题时，有一位，只有一位，这么说："也许将来会统一在社会主义原则下吧！"说时有些腼腆，其他几位就望着她，带着一种很难形容的笑容。他们几乎都说："我们不以为德国的统一是可能的，至少很久很久不会可能。"他们理解到除非东西方的冷战解冻，除非美苏有真正和好的一天，东西德的统一是极渺茫的。"你们希望见到统一吗？""是的，但太难了，我们所能做的只是希望。"是的，人不能没有希望，人有时唯有靠希望才能活下去！墙的东边的人特别需要靠希望。

关于德国的统一，墙西边的人就连这个希望也似乎不存了。他们把这个问题，不只看做是"不是可能"的事，更看做是"不是好"的事，就有些知识分子说："坦白讲，统一不一定是好事。德国的统一不只对世界的和平不好，对欧洲的和平不好，对德国本身也不一定好。"这些话的背后，有太多的历史与反省的感触。西德人中，除了一些与墙那边有亲友者外，很少，特别是年轻的一代，对德国的统一有什么热情。戴高乐曾语带轻快地说："德国人变了。"

我曾特地到西柏林的奥运场。居然没有炸掉，那是一九三六年希特勒要向全世界炫耀日耳曼人优越的地方。当然，我们知道他这个狂妄的迷梦被一个叫欧文思的黑人运动家粉碎了。这个运动场真不小，座位九万五千个，站位二万五千以上。远远我可看到那个包厢，在那个包厢里，希特勒曾志得意满、耀武扬威地站着演说。当年他演说时，德人如痴如醉，像着了魔一样！但今日的年轻人再听到希特勒的演讲录音时，就忍不住会笑，更忍不住会奇怪，当年他们的父母怎么可能对那副腔调会不笑的呢？当年膨胀了的希特勒，不但德人觉得他非比常人，觉得他有"克里斯玛"（charisma），连希特勒自己也忘掉了人工化的膨胀，也觉得自己是半人半神了。这个膨胀了的"巨人"，一旦被戳穿，就是一个小丑了；小丑的话怎能不令人发噱？也许希特勒一直是那样的一个无赖小丑，只是德国人变了；他们再看不到希特勒身上的"奇里斯玛"了，也不再希望追求德国的荣光了！不久前一个对西欧的民意测验，问他们是否对自己的国家感到自豪。在德、英、法、西、意五国中，感到"自豪"最少的是德国人；反之，感到不值得自豪最多的也是德国人。这是很有意思的发现！很值得深思的发现！

德人从希特勒身上获得了太深的教训。他们，至少为数不少的西德人，不再觉得强大、统一、民族主义这些东西的吸引力了。分裂使德人清醒，至少墙的西边的人越来越觉得，一旦德国统一，欧洲人固难以"安枕"，德人自己也恐怕难以"安分"，他们怕会再患上"帝国梦症"、"强国梦症"。其实，戴高乐所以能与阿登纳做朋友，就是因为阿登纳只代表了半个德国，就是因为可以看到莱茵河的风平浪静！法国人会安心吗？如果德国成为八千万人的统一的德国？有位法国人说得真妙："我太喜欢德国了，特别是现在有了两个。"英国人呢？有人曾问丘吉尔德国的未来。他说：A Hun alive is a War in prospect.（"只要一个匈奴活着，战争就有可能。"Hun 一字也指二次大战中的德兵，丘翁用词之精，于此可见。）欧洲其他的国家怕德国的统一，苏联、美国也不会喜欢出现强大统一的德国。而德人，至少绝大多数年轻一代的西德人，现在喜欢的是自由，不是统一。像他们伟大的诗人海涅（Heinrich Heine），像他们最崇拜的文学巨灵歌德一样，年轻一代的德人把自由放在价值天平的第一位。海涅厌恶民族主义，特别是日耳曼民族主义，认为那是基于仇恨之动力产生的一种愚蠢和破坏的力量。歌德觉得革命的戏剧有趣，但却奇怪而可厌。他曾说过这样的话："日耳曼人呀！你们希望成为一个国家，那是徒然的，不如把你们自己变成自由人吧！那是你们做得到的。"

在柏林回海德堡归途的空中，舱外是一大堆看不透的云层，我脑中也是一大堆很难想得透的问题。

萨尔茨堡之冬

　　漫天雪舞中，火车驰进了奥地利海拔一千三百尺的萨尔茨堡（Salzburg），这个世界著名的莫扎特之城。我倒不是去音乐之城朝圣的，只为了海德堡友人的一句话："你喜欢海德堡，你就不可能不喜欢萨尔茨堡。"他（她）们都晓得我想去奥地利一游，又知我特别中意小城，所以只提萨尔茨堡，未提维也纳了。

　　一出车站，就觉得这个十五万人的小城具有一种特有的气质。跟海德堡不同，好像更亮丽些，更轻逸些。进入旅舍，就要了一张"行路图"，柜台的女士说："雪大，行路难，不如参加旅行团舒服些。"她推荐了一个五小时的，包括小城和乡郊的小旅行团。从一些书中得悉，萨尔茨堡是城的名，也是州的名。来萨尔茨堡就不能只游小城，不游乡郊，因为它的美是"文化美"与"自然美"的结合。文化之美的焦点在城，自然之美的精华在乡郊。在欧洲，我从不参加旅行团，这次破例了。料不到的是，这个应有八人的小旅行团竟然除我之外，只有来自英国的夏尔埃普先生和他的妻子。我不禁替司机兼导游的盖赫特君暗暗叫苦，但却也窃窃有一份喜悦，这不啻是三个人的专车了。

夏尔埃普先生是一位很典型的英国绅士，沉默和善，不大讲话，偶尔会说一两句幽默话逗他的妻子开心。他夫人是位莫扎特的知音，有些忧悒感，但时而绽放清灵的笑容。一路上，她毫不吝啬地给我讲莫扎特的故事，增加了我对萨城之游的兴致。莫扎特于一七五六年出生于这个小城，但跟当时的大主教 Hierony-mus Colloredo 不和，二十五岁就去了维也纳。他去世时，不过三十五岁，却留下许多天才横溢的不朽乐章。尽管莫扎特客死异乡而无悔，他仍然以故乡最是美不可夺的。他曾说过："我看过无数佳胜之地，但比起萨尔茨堡天国似的自然之美，就微不足道了。几乎每走一步，就可见到一个新景，另一个上帝的奇妙创造。"而今天，萨尔茨堡有着这位音乐奇才各种各样的纪念物。他的出生之屋、他的少年憩游之所，都已成为文物保护的重点。还有以他命名的广场上的铜像，以他命名的博物馆，以他命名的桥，以他命名的音乐学院（Mozarteum）。在莫扎特音乐学院的花园中，还有从维也纳搬回来的小木屋。据说这位"乐仙"最后的乐曲《魔笛》就是在那里谱写的。生前莫扎特在故乡悒悒不欢，而死后萨尔茨堡却成了莫扎特之乡，至于那个大主教的名字则鲜为人所知了。的确，莫扎特更给予了他美丽的故乡一种音乐的清灵韵，一种魔术般的吸引力。是不是我开始感到的特有气质，就是莫扎特的仙气？

当车子从"新城"过施戴德桥之际，展现在眼前的景色，我忍不住叫司机停车。那么新鲜，却又是似曾相识。是了，多么像海德堡呵！巍巍然耸立在山巅的是一个巨大的古堡。古堡君临下的是"古城"。古城与新城间又有一条像"尼加河"的"萨尔沙克河"（Salzach）。这小城的结构太像海德堡了。但再细看时，萨尔茨堡还是萨尔茨堡。这座巨大的古堡是灰白色的，不是粉红色的；是完完整整的，不是残缺的。这个叫做 Hohensalzburg 的古堡，初建于一〇七七年，六百年来，不断扩充，到十六世纪才全部完成。古堡一直是萨城的守护神，它也是当今世上最巨型、保存得最完整的中古堡垒。虽已看惯了海城古堡的"残缺之美"，仍惊觉到这个古堡的"完整之美"。

在古城里，车子只在"圣彼得教堂"停了一回。这个萨城唯一罗马式的教堂，也是阿尔卑斯山区最早的基督教堂，已有八百五十六年的历史了。它的前身是"圣彼得寺院"，更早于六九六年就建立了。而令人更欢然有喜的还是教堂后面的墓园。在一片白云披覆下，一座座的小墓碑，令人有羽化仙洁之感。有的上面还放了鲜花。在这墓园里，我没有想到死亡，只想到安息，不知怎的竟想起林黛玉的葬花。最有趣致的是依岩而筑的一个个小小的拱形圆顶的祈祷窟。据说，在地下墓窖里，莫扎特的妹妹、大音乐家约翰·海顿的弟弟米雪·海顿都长眠于此。夏尔埃普夫人告诉我：《仙乐飘飘处处闻》（又译《真、善、美》、《音乐之声》）的电影中屈泼（Trapp）一家在逃亡时就躲在这墓园里的。噢，对了，萨尔茨堡所以像海德堡一样，每年有近二百万的游客，不完全是莫扎特的魅力，说不定更是借光于这部在世界各地掀起卖座高潮的电影；海城也是因《学生王子》一剧而扬名四海的。这两部电影使这两个小城成为观光客的"麦加"，但却也造成了小城的灾难。所幸，我是隆冬时节的访客，整个小城的景色好似是专为我们几个人布设的。旅行遇到观光的人潮，就是"摩登走难"了，我忘不了去年五月长城城头万头蠕动的情景。

一出古城，就与大自然直接照面了。萨尔茨堡是三组高山环抱的小城。这三组山叫 Unterberg、Hohn Goll、Tennengebirge，它们是阿尔卑斯山的"前山"，巍峨雄奇，有苍龙飞天之势。千年未化的雪岭，闪闪生光。这景象不期然把我带回到北美落基山脉去了。年前游落基山，第一次见到万山奔腾、千里雪封的景象，心旌为之摇撼，不能自已。想不到此次又得在萨尔茨堡乡郊再次看到、再次呼吸到天地原始的灵气。天之于我，不可谓不厚矣！

车子转了几个弯，停了下来。盖赫特君陪我们踏着厚厚的雪地，他说要我们欣赏十六世纪的"艾尼菲水堡"（Anif）。不需五分钟，水堡就呈现在眼前了。"艾尼菲"幽幽地矗立在一片水晶蓝的冰湖上，它不是黄色的，也不是白色的，是那种恰恰与湖水衬配得毫无瑕疵的颜色。静极了，美极了。偶尔听到几只水鸟划破冰湖的声响。四个世纪的美原封未动地冻结在那里。是哪一个建筑家有这样的灵心仙情？在车上，我仍然在问。

一路上，有看不尽的景致。我爱秋，秋让万物在凋谢前展露了潜有的本色，秋不能久驻，却有最璀璨的时刻。冬的雪是美的，但它的白把万物、美的丑的，都白化了，一律化了。妙的是，萨尔茨堡的冬雪，非但没有掩盖了景物的美色，反而用雪之白把自然与屋宇衬映得更冷隽出俗。十八世纪的 Leopoldskron 宫，在冷冷的冰雪中，他的洛可可式的样貌，看来就很入眼了。就在宫宇后面的山巅上，可以见到萨城的古堡。不，此刻它像是悬在远远的天边，在雪花上。

车越转越高，雪越来越大，我们向 Salzkammergnt 的湖区开去，山上有孤单的、也有三五错落色泽鲜丽的木屋，真难信这些是当地的农家。离城十里左右，车停了。我们到了著名的"佛西湖"（Fuschlsee）。难怪呢，《仙乐飘飘处处闻》要把她摄入镜头里了。如此的境界，不闻仙乐，已感到仙气郁郁了。湖边最高的山岩上的"佛西宫"（Schloss Fuschl），昔日是大主教狩猎的行宫，今日已改装为第一流的旅馆。湖边低处还有一"佛西村"，那里有几个旅舍，更有可以租住的一幢幢小屋。毫无疑问，在佛西宫喝杯咖啡，用些糕点，有无上的惬意。坐着的椅，壁上的画，都足以生思古之幽情，而步入佛西宫低层的餐厅时，整个"佛西湖"就装在一扇扇洁净无尘的窗棂上了。此行以来，已经有好多次的惊叹，面对这一窗山水依傍的湖光冬景，真有书咄空空之感，我的拙笔再无法描写造化之玄美的万一了。是的，我在北美落基山见到的"路易斯湖"，已经叹为天物，梦回意绕，久留心际，而此景此情，只觉周身为自然的灵气所环绕，凡思俗虑，尽皆抛却。盖赫特君显然是乐山乐水之人，他没有催我，让我静静地坐对这一窗的"天上人间"。

"夏天这里美极了，客人多，冬天我们是从不开放的，今年是第一次。"那个留一撇俾斯麦胡子的侍者如此对我说。真幸运，碰上了"第一次"。是的，夏天、春天、秋天一定都不可能不美的，但这样的冬景，还可能有更美的吗？也许，也许只有神州北疆的天池了！我同意诗人鲍尔（Hermann Bahr）说的："萨尔茨堡是永远美丽的，你可以肯定，你当下见到的就是最佳绝的了。"

又去了几个湖，不全记得她们的名字了，只记得一弯如月的"月湖"（Mondsee），更记得七里半长的"霍夫冈湖"（Wolfgangsee），海拔六千尺，湖边的葛尔芹村（St. Gilgen）是莫扎特母亲诞生的地方。送给世界这样一位乐坛的奇葩，做母亲的也应该与山水同其不朽了。

萨尔茨堡乡郊五小时之游，没有一丝倦意。当晚，我在古城的"皇宫演奏厅"（Palace Concert in the Residenz），也是莫扎特生前演奏的地方，听了两个小时莫扎特的乐曲。真要感谢夏尔埃普伉俪，是他们怂恿我去欣赏的。我对古典音乐的知识极其贫乏，但在这两小时里，我是感到十分享受的，除了耳在听，我的眼睛也在欣赏四周和顶上的壁画，很像我在慕尼黑古老的"屏爱柯逊博物院"（Alte Pinakothek）所见罗宾（Rubens）的手笔。罗宾画的女士，胴体丰硕而有灵韵。这一夜，竟彻夜难以入眠，想是对日间之所见疑真疑幻，对太美的事物总是难以消受的。

翌日，我就用双脚游萨尔茨堡了。其实，整个“老城”是“汽车止行”的行人区，欧洲小城真懂得保存古趣，不是吗？石涛的山川、倪云林的烟霞中怎可以任汽车散放污气？萨尔茨堡的“老城”没有大道，只有小街和“迷你”巷。葛屈逖巷（Getvei-degasse）又长又狭，长是长不过海城的“浩朴街”，但两旁的街景却与浩朴街大可竞美。这里的街道不像海城的那样直，弯弯曲曲，即使是她的“四方广场”也不是四方的。置身其间，如入迷阵。这个山城，古筑新建多得不胜浏览。那个角落上是一个八世纪的寺院（Nonnberg Abby），这个角落上是一个二十世纪的剧院（Festspiehaus）；刚见到令人欣赏不已的“马池”（Horse-pond），又面对有三十五个钟的钟楼（Glockanspiel）。千余年的历史文化都浓缩在几里的方圆，特别叫我注意的是“大学广场”，这所三百六十三年的古大学，雍容优雅，就叫人想起海德堡的“大学广场”。不过，这里没有出过像韦伯这样的学人。萨城的精气似是让莫扎特的音乐吸去了。当然，萨城的大教堂是不能不看的。十六世纪时，大主教窦锐克（Wolf Dietrich）雄心万丈，想盖一座比罗马“圣彼得”更大的教堂，但还未动工，他已经被史悌克斯（M. Sitticus）取而代之了。后者请了意大利的素拉雷（Solari）重新设计，规模小了很多，不过也花了十四年的光阴，到一六二八年才完工，这座文艺复兴式与巴洛克式混合的大教堂是中古以来"神权"与"王权"的象征。当时，政教是不分的。从这座教堂可以想见昔日萨城定是气象不凡，但决没有十九世纪世俗化、现代化之后的欢愉自由的气氛！生活在今天的萨城人，比莫扎特要快活多了。

　　在萨城哪一个"广场"上，抬头都可以望见巍巍然的古堡。走遍了古城，就想上山去一游古堡了。天雪地冻，加之路斜多冰，萨城人就劝我坐缆车上去。

　　一登古堡，视野大开。眼下是萨尔沙克河一分为二的"老城"与"新城"（新城也有四百年历史了），这景象与海城古堡所见的尼加河一分为二的"老城"与"新城"如出一辙。在海城残缺古堡上看到的，是成百上千的片片粉红色屋顶凝聚的"粉红色的浪漫"，而这里见到的则是白的、绿的、红的，还有一种叫"帝王之黄"的黄色辐辏汇聚的彩色世界。屋宇的式样也比海城多了。至于这个欧洲最大的中古古堡，它纯是军事性的建筑，除了一个中世纪的陶瓷大火炉可赏外，就只有令人毛骨悚然的"受刑室"了，不像海城残堡里是一幢幢不同时代、不同格调的皇宫与庭园；论古堡之美还数海城。不过，站在萨城古堡的顶楼，向四周眺望，便是一波接一波的浮在天际的雪峰冰岭。娇小的萨城就躺在雄健的阿尔卑斯"前山"山脉的怀抱里。在这儿，最原始的自然景观与古老的文化建筑奇妙地融合一体了。也在这时，我了解到为什么洪堡（Alexander von Humboldt）要赞誉萨尔茨堡为"地球上三个最美的地方之一"了。洪堡是创立地理这门学科的学者，踏遍山川名城，是一位伟大的旅游家。这位"德国的徐霞客"似乎未曾到过东方，他的品题许是夸大了，但他的鉴赏力是不能等闲视之的。

下了古堡，步行到依岩而筑的晕克勒（Winkler）午餐。到顶楼的餐室是要搭"和尚的山梯"（Monk's Mountain Lift）上去的。晕克勒是著名的赌场，但我去的目的，是要在那里品尝萨城另一角度的美色和一种叫 Salzburger Nockerln 的蛋白牛奶酥。想不到夏尔埃普伉俪已先我而至，他们也是慕名而来的。

那个中午，太阳特别亮丽，一边看萨城之景，一边品尝蛋白牛奶酥，恐怕金圣叹也不能不加上另一个"不亦快哉"了！真的，相信我，窗外的景色根本就是一幅佳绝的山水之城的大画。古堡就在眼前，而山下萨尔茨堡新、旧二城在阳光和阿尔卑斯山雪光映照下缤纷生辉，这景色，与"圣山""哲人路"上所见的海德堡，是两种异样的美，但却是一样的迷人。这里横跨萨尔沙克河的桥固然比不上尼加河上"古桥"的老趣雅健，但萨城四十几个伸入苍穹的教堂的塔尖，有哥特式的、罗马式的、洛可可式的，就像一组鸣奏天乐的琴键！建筑的音乐性，我总算深深体味到了。朝着夏尔埃普他们临窗的方向，我举杯。这对情意款款的夫妇显然已为这美景所醉了！

漫天雪舞中来，又在漫天雪舞中去。离开这充满仙气的山水之城时，不禁频频回首。在回海德堡的火车上，我又想起海城友人的话："你喜欢海德堡，你就不可能不喜欢萨尔茨堡！"

弗莱堡街头

哥廷根一景

前西柏林

德国小城闲步闲思

　　我爱小城，特别是有大学的小城。德国多小城，很多是有大学的小城！就连西德的首都波恩也只是不到三十万人的大学城！

　　德国的小城，气氛好，趣味多，几乎没有例外地，都有博物馆，都有书店，都有画廊，都有生气蓬勃的小街，都有随时可以坐下来喝杯咖啡、饮杯酒的咖啡店和酒馆，更叫人喜欢的是，都有中古的钟声，都有二十世纪八十年代的精神。在小城，拨几个号码，就可以与世界远地的亲友聊天，要去欧洲任何一个角落，踏上火车就是了。假如是有大学的小城，你就更不会有"边陲感"或"遗落感"了，因为你就在时代的脉搏上。来海德堡三个月了，有寂寞的时刻，但没有无聊的日子。在异乡作异客，更会知道自己是哪里来的，更会听到自己内心的声音。这个世界，太忙碌，太讲"沟通"，太"他人取向"了，也许识得了一大堆的人，却忘记了自己。的确，哲学家不是说，我们正是"个人结束"的时代的见证人！在小城闲步闲思，最能发现自己，大诗人席勒（Schiller）说："小巷就是自由"，小城多的是小巷。

德国的小城，十几万人就算不小的了，它多的是不上万的"迷你城"。德国工业化始于一八三五年，是个高度工业化的城市国，但在三个德国人中，有两个就住在不到十万人的小城里。海德堡附近的蓝得勃（Landerberg）就是颇为典型的。当秋刚来临的十月初旬，在海城寒窗苦读了十年的谢立铨和宋盛成两位朋友，陪我去蓝得勃。他们说，这是海大学生的"必修课"。我们是骑单车去的。自剑桥之后，已九年未碰单车了。骑单车，那份舒适是很难形容的。当一片泥土香的田野展现在眼前时，我忆起的是近三十年前台大读书时去碧潭路上的青青野色。真感谢我的"离屋房东"顾忠华兄，是他与惠馨女士带着孩子回台省亲，我才得有尼加河畔三个房的阔气的"家"。他们还留下了单车，让我使用，他们夫妇不仅书读得好，人也做得亲切。

蓝得勃已一千多年历史了。建筑不论是新的、旧的，都有浓厚的古趣，又雅致，又洁静。德国政府对古城的保护每年用的钱是惊人的。香港真可怜，地小人多，房子盖得越来越离开人喜爱的泥土了。我们选了一家小酒馆，就在被视为"德意志精神之源泉"的尼加河边，窗外是一轮正在下沉的红日。谢、宋两位朴实勤学，在德国浸久了，毕竟不是虚度，不只对本行的教育、文学懂得深、懂得多，即使一般社会政治问题亦都有见解。一聊起来，就海阔天空，古今中外。从小酒馆的主人是土耳其人，谈到德国的"客工"（gastarbeiter）问题，谈到德国的福利政策，谈到德国的失业问题。德国现有二百五十万人失业。在可见的将来，大学生很少有机会就业。德国经济虽居欧洲之冠，排在世界的前列，但失业是经济结构的问题。这个问题苦恼着德国人，有人甚至把它归咎于"客工"，这就太情绪化了。有时我不免会想起希特勒崛起前六百万人失业的可怕数字。

跟盛成、立铨聊天，总不可能不聊德国的文化，不能不聊到歌德。一聊起歌德，盛成就兴致勃勃。由歌德的恋爱史就很自然地转到德国的女性上去了。从尼加河畔"上空"的豪放女，谈到她们的体态，又谈到西方绘画中的"人体画"。一谈到"女性美"，问题就复杂了。美是有文化性的，文化会变，女性美的观点也会变。立铨有他一套看法，盛成是位"古典主义"者，他一口气提出了希腊的审美哲学，提出了美的一般性观念。他对西方，特别是德国的文学真搞到通透。"小巷就是自由"这句席勒的诗，就是他背给我听的。谈兴仍浓，而红日沉落已久，我们就移去一家朴素的餐馆，一边吃牛排，一边继续聊，当然少不了

Binding 牌的啤酒。周围坐的，一眼就知是农人与工人，看他们喝得好开心，生活一定蛮惬意的。小城，即使没有大学，文化的情调还是挺不坏的。高承恕兄全家从比利时来海城时，告诉我台湾有些小镇很可爱，很有味道，但愿宝岛在现代化中还能保有一些传统与乡土的真趣。我知道费孝通先生在中国大陆鼓吹中小城镇的发展。真的，要化解人口的压力，这是一条应该走的路子。

那晚，回海德堡路上，田野寂寂，头上是一轮清清的秋月，像故乡的月！哪里呢？忽然这样的自问起来。是杜甫的鄜州之月？是台北淡水河之月？抑或是香港吐露港之月？童年以来，东奔西走，故乡之情已经种落在好几个地方了！

以海德堡做"基地"，不过一小时，最多不过两小时的火车或汽车，就可以到一打以上像模像样，甚至王气凌然，有自己风格，有自己传统的大型、中型、小型和"迷你型"（小小型）的城市。曼海姆（Mannheim）十二分钟就到了，曼海姆算是中型的城市了，有三十几万人口，尼加河在此流入莱茵河。它是第一辆单车（一八一七年）、也是第一辆"奔驰"车（一八八五年）问世的地方。曼海姆大学的校舍是欧洲最大的"巴洛克式"建筑，气魄宏伟，原来它是帕拉丁大诸侯的宫宇。史派亚（Speyer）也距海城不远，开车不需半小时。二千年前凯尔特族就在此聚居了。小得很，迷你型的，但不可小看，它在西方历史上有极深的根源，原来它是"神圣罗马帝国"的老城。那座沉沉入睡的、欧洲最大的"罗马式"教堂是康拉德二世在一○三○年建造的，在这里埋葬的就有九个德国帝王之多。这个王气已收的"迷你城"，有好几个博物馆，其中"酒的博物馆"最有意思。施韦青根（Schwetzingen）在海城西边，只几里路程，又是"迷你型"的小城，但又是不可小看的。它有一座会使你必然想起巴黎凡尔赛的宫宇大花园。这座宫宇大花园十四世纪就存在了，一度毁于宗教战争，又重建起来，到十八世纪大诸侯卡尔·提奥多（Carl Theoder）手中更扩大修建，真是好不风骚，走三小时，还未看尽。"中国桥"远观就可以了，"阿波罗庙"很悦目，"浴屋"可见这位诸侯真懂得享受。我喜欢那个玩看烟斗的牧羊之神的石雕，而一座叫 Galathee 的女像，体态优美，灵气逼人，硬冰冰的大理石竟能雕出如许柔情！"世界末日"是一个小建筑，使你看到一个通向世界尽头的隧道，这就是著名的"幻影"。二三十个风景点，够让你欣赏大半天，而宫宇中的十八世纪的"洛可可戏院"则是远近知名，年年不绝的"施韦青根音乐节"举行的场所了。

海城北上，一小时火车，即抵法兰克福。社会学中耳熟已久的法兰克福学派就在歌德大学里。法兰克福是德国的大型城，本身六十万人，加起周围的卫星镇，大约就上百万了。去法兰克福当然不只是参观歌德的故居。法兰克福早于一三七二年已是一自由的帝城，圣保罗教堂是一八四八年第一次国民会议的圣地。很久以来，法兰克福已成为德国自由主义的象征。大城可看的东西自然多，但我喜欢闲步闲思，太远太热闹的地方兴致就提不起来。德国大城中，要以慕尼黑最合我心意，因为它是大城的规模，却有小城的优闲。而其博物馆收藏绘画之精富，看得叫人过瘾。丢勒（Albrecht Dürerl 1471—1528）的自画像的确是不凡，无怪乎德人视之为瑰宝了。不过，法兰克福倒是著名的书城，十月间我见到的书展真算开了眼界，无愧世界之最。可憾在数以百千的书摊中，一时找不到大陆、台湾和香港的摊位，倒是看到了新加坡的摊位，给予我一份喜悦，虽然书少得很。

　　海城南下，在两小时火车可到的小城中，巴登—巴登（Baden-Baden）无疑是很特出的。一般人都知道它是德国的赌城。的确，在凯屋（Kurhaus）右翼的赌馆，金碧辉煌，令人目眩，"绿沙龙"、"红沙龙"和"白沙龙"分别展显了路易十三、十四及十六时代的建筑风貌，想不到赌徒还那么有心情顾到艺术。是的，俄国大文豪陀思妥耶夫斯基穷是穷，却在这里赌过一手的。

据说，在赌博之后，他的文思就如泉涌了。不能否认，十八世纪的希腊科林多柱式的"凯屋"是一座精美雅致的白屋，不太像"白宫"，但品味真还不低！而屋前绿茵一片的大广场，就使它在优雅中更带有几分气势了。凯屋旁边的"倾客厅"（Trinkhalle）是一座巨大的罗马式的建筑，厅前配上十六根科林多式的巨柱，气势还在凯屋之上。在凯屋右翼的咖啡座饮一杯当地"白酒之王"的 Riesling，似乎仍能闻到邻近葡萄园的芳香。

巴登—巴登只有五万人口，规格却真不小。它不只以赌著名，也以温泉名世。三世纪时罗马人已在此建浴池了，今天依然可以见到它的遗迹。十八世纪时，这个小城成为欧洲达官贵人夏季难乎不来的胜地。俾斯麦的老拍档，威廉一世大帝，是巴登—巴登四十年之久的常客。在这里，你不难想象这个小城不平凡的身世。小城街头甚古雅，当你闲步在奥格斯脱广场，就不只可看到世界唯一靠赌馆捐资建造的基督教"市镇教堂"，还可欣赏到那份优雅从容的市景，一条"沃斯河"（Oos）轻轻流过市区，把赌城的俗气都清洗掉了。巴登—巴登的人口虽属"迷你"型，但周围却有一万七千亩森林，是德国城市森林中最大的，而离市中心不远就是一个个乡土清香的酒村了。

当然，距海德堡二小时车距的城镇还有许多许多，我到过的很少。有些极有历史文化价值的小城，像 Worms，像 Mainz，我都无时间去了，如果再加半小时左右，从 Mainz 到 Koblenz，更有莱茵河两岸一个接一个的小城，都是一天可以走完头尾的城市。德国的小城真多，西德二千万人集中在大型的，如柏林、汉堡、慕尼黑、科隆、法兰克福，中型的如杜塞尔多夫、斯图加特、汉诺威这些城市里，另外四千万人就分布在十几万人的小城或几万人甚至不上万的"迷你"城了。令人惊异的是，有的小城，甚至迷你城，都有巨大的教堂，甚至有可观的博物馆，特别是十分活跃的现代的文化生活，由德国"横"的空间的特色，使我对它的"纵"的时间的变递产生了浓厚的兴趣。

　　德国没有"分久必合，合久必分"的说法。假如说德国历史有一个特性的话，那就是，分是"常"，合是"变"；或者说，合是虚表，分是实质。德国一直具有强烈的分立和多元的性格。十世纪的奥托（Otto）大帝的"德意志神圣罗马帝国"，听起来神圣不可侵犯，其实，内部松弛得很，至少在十三世纪中叶之后，帝国就出现疆域分裂的征象，个别的城市享有很大的自治权，十七世纪的宗教改革，更使帝国的政治分裂加上了宗教的分解。一六四八年，宗教战争结束，签订的威斯特伐利亚和平条约，把帝国正式分为三百五十个"国家",帝国有名无实,真可说列国并峙,一天星斗。政治弱了,但文化则出现百花齐放的盛况,大有我们春秋战国百家争鸣、千岩竞秀的景观。十二月圣诞节后,海德堡大学的地理学系的佛雷克(W. Fricke)教授邀我去他家午餐,吃了一顿地地道道的德国大餐,饭后他给我看他珍藏的一本一六四八年德国的政治地理图,密密麻麻的小国,没有放大镜真还看不清呢!十七世纪中叶,普鲁士崛起,与奥地利平分"天下",实际上仍是小国林立、各自为政的局面。拿破仑一八○三年的"干涉",才使小国世界结束,继之而起的是中型国家的冒升,而帝国结构就更虚有其表了。一八○六年,南方日耳曼国家宣称独立,神圣罗马帝国即因弗兰茨二世之逊位而寿终正寝。歌德是从报纸上看到这则消息的,不过,对于他,仆人车夫间的争吵比帝国的崩解还更引起他的注意。"德国?在哪里?我找不到这样一个'国家'",歌德同时代的席勒就这样写着。诚然,在维也纳会议时,梅特涅就说,德国只是"一个抽象的概念"。帝国实在是一个玩笑。艾伦特(E. M. Arndt)作了一首歌,流行一时:"德人的祖国是什么?是普鲁士吗?是士瓦本(Swabia)吗?还是沿着莱茵葡萄成熟的地方?"

　　日耳曼民族长久以来都是分为一个个大的、中的、小的"国家"的。一七八九年法国大革命时，神圣罗马帝国的名下竟有一千七百八十九个大大小小的政治和行政单元。信欤不信欤？就算在一八一五年维也纳会议时，出现的"日耳曼国联"也有三十九个国家之多，而邦联还是个空壳子，权力还是在大大小小的"城市"手中。所以，德国在十九世纪中叶以前，基本上是列国并存、小国寡民的格局。这要到一八七一年，铁血宰相俾斯麦手中才建立了有名有实的"第二帝国"，这才出现了"合"，但这个"合"在整个日耳曼历史上不是"常"，而是"变"。第二帝国不到三十七年就在第一次世界大战中崩解了。战后，魏玛德国是个民主联邦国，但由于战债、世界经济的萧条、失业、通货膨胀，纷至沓来，遂造成了希特勒一九三三年的崛起。魏玛时代政治上固然弱不禁风，不过文化上却也是风华一时。无论艺术、音乐、科学、哲学，都灿烂生辉。

希特勒这个独夫，一心一意要创造比俾斯麦更大的帝国，要为德国创造一个新的"大合"，但他这个"大合"，恰恰是德国历史上最反常的"大变"。为了要完成"大合"的事案，便不能不用宣传机器把自己吹胀、吹大，甚至神化，这是纳粹的"造神"运动，结果是造成了世界浩劫，把德人也推进骨岳血渊。

德人当中，喜欢小国的不少，文学巨灵歌德就是一位。他对大政治没有信念。他自己曾做过小国的大臣，做得头头是道，可说是风调雨顺，国泰民安。以歌德这样棐棐大才的人，对大政治都无信念，那些 IQ 远低过他，如希特勒之流，偏喜欢搞大政治，不叫人担心可乎？许多德国一流人物，像洪堡（W. Humboldt），像斯坦因（Stein），像马雷彪（Mirabeau），都不以为一个中央集权的德国是好事，海涅与尼采更厌恶膨胀的日耳曼民族主义，他们所追求的是自由，要做的是一个"好欧洲人"。

德国在二十世纪，发了两次帝国梦，亡了两次国。今天，德人的观念是变了。西德的民主联邦制走对了路。对德国而言，"民主"是较新的，却是一条大路；"联邦"则是古老的传统，而今天的联邦中不但没有了普鲁士，而且没有一个大首都，没有一个大中心。它再没有巴黎或伦敦一样的"超级大城"（以前有柏林），不过，德国却到处有中心。就文化来说，最大的图书馆在法兰克福，最盛的印刷业在汉堡，最多剧院的是慕尼黑，最多博物馆的是西柏林，最全的国家档案在科布伦茨，最丰富的文学资料在尼加河上的小城玛白。科学的中心不是一个，而是分散在杜斯道夫、哥廷根、海德堡、曼兹各地。在德国，很难说哪里是文化的"中心"，哪里是文化的"边陲"。文化的声光，处处可见，创造发明，可以来自各个地方。德意志联邦的教育文化权分属各邦，不是联邦政府专有的。德国不是一个大中心，光芒四射，而是许多中心，交光辉映；大城固然璀璨辉煌，小城一样幽幽生光。试想想，西德现有一万五千个公共图书馆，有一千五百个博物馆。它们是联邦的、邦的、市的、镇的、教会的，这些博物馆、图书馆不少是过去的古堡、皇宫和教堂，真可说是"古为今用"。而许多小城之所以那么有规模，那么有气势，主要是它们都源于神圣罗马帝国，特别是中古以来的政治文化，许多原来就是"城市国"，这些小城都有一套自己的"地方历史"、"地方智慧"，这也就无怪乎它们有文化的厚度和活力，既古典，又有现代感。历史传统在现代化过程中的作用，再明显不过了。讲到这里，我对韦伯所强调西方城市之有"自主性"、"城市自由"等概念，就有"豁然开朗"的感觉。

德国天空不像法国，没有一个像巴黎的大太阳，而是满天星星。

德国小城中，我最中意的是四个大学城：海德堡、弗莱堡、哥廷根（Göttingen）和蒂宾根（Tübingen）。这四个小城都有古老的、世界闻名的大学，在大学城中，国际情调特别浓。西德有一百零四万大学生，其中六万是外国来的。著名大学的外国留学生之比例就较高。没有例外地，在大学小城里，文化气息也一定特别浓，酒馆、咖啡店固然多，餐馆也多种多样，而书铺、艺廊、剧院更少不了。德人讲究生活情趣，最喜爱讲 Stimmung（心情、心境）和 Gemütlichkeit（舒适、惬意），这在大学小城中就表现得淋漓尽致了。

在四个大学城中，海德堡是最古老的，大学已经六百岁了。九年前第一次来海城时已经为她古典浪漫所吸引，今次在飘下第一片落叶的新秋时分重临，越发对这个只有十三万人口的小城情有所钟，而居德期间在各地旅行的时候，海城更成为我的异乡之"家"了。黑森林之都的弗莱堡，是现代感较多的古大学城，不只是它教堂的尖塔美得不可方物，闲步在它传统与现代浑然融合的街道，也令人欢然有喜，乐而不疲。哥廷根大学城闻名已久，在我十一月下旬北德之行中，在汉诺威（Hanover）遇到方汉华和她的夫婿杜勒·克劳士教授（Dohler Klaus），克劳士的博士学位就是哥廷根大学的。他说在哥大得到博士，都会在"市墟广场"喷泉的"挽鹅少女"铜像的脸上吻上一吻。到了哥廷根，最先找到的便是这个世界上被吻得最多的少女。看来她是一脸永恒的稚气，不知她站在那里已多久了?! 哥廷根也只有十余万人，城亦不大，半天就闲闲地走遍了，好多文艺复兴早期的建筑，古意盎然，令人驻足难前。哥廷根大学是一七三四年创办的，是"启蒙时代"的标准产物。威廉广场（Wilhelms Platz）的 Aula（大堂），肃穆庄严中，不失清丽。哥廷根大学在自然科学上的成就，卓然有声，先后有二十九位诺贝尔奖得主，或在此读过书，或在此执过教鞭。过去，它更是数学世界中的"麦加"。许多石像刻的都是这些科学界的名士。德国自然科学在二次大战前，领袖全球，但现在科学的声华就转到新大陆去了。德国之失去科学的领导地位，跟希特勒这个狂人不能分开，他把许多一流的人才，不只是科学家，统统逼走了。当然，世运的移转，原因复杂，不说德国，整个欧洲都早已从高峰下落了。

四个美丽的大学城中，蒂宾根最小，应列为"迷你型"，人口仅七万，但它也是昔日的帝国城市。在高高低低的山坡道上，随处可见到十五、十六世纪精美的老建筑，蒂宾根以大学闻名于世，而此蒂宾根城与蒂宾根大学可说是一而二，二而一。蒂宾根一位学者说："蒂宾根没有大学，蒂宾根就是大学。"七万人中二万以上是教职员和学生。诗人荷尔德林（Hölderlin）就出于此，鼎鼎大名的哲学家黑格尔，还有谢林（Schelling）都在此读过书。有人把黑格尔在思想史上的地位比之拿破仑在政治史上的地位，影响既深且远。此君太有成见，像康有为，六十岁的黑格尔还是赞成三十岁的黑格尔。不像梁启超，太无成见，不惜以今日之我与昨日之我作战。德国是出产 isms（主义）最多的国家，如Protestantism（新教教义）、Socialism（社会主义）、Nazism（纳粹主义），都是德国土产。黑格尔就出产 Hegalism（黑格尔主义），他讲唯心，歌颂国家，一转手，被希特勒利用，做了右翼极权主义的思想武器。马克思把它颠倒过来，却又出产了 Marxism，一转手，又被斯大林利用，用做左翼极权主义的思想符咒。先有集中营，后有 Gulag（古拉格）。太够了，人类已受够了。实际上，黑格尔主义、马克思主义都是这种那种的"欧洲中心"的。

在蒂宾根，最使人恋眷难忘的还是尼加河两岸的风光，真美得精致，在一片软绵绵的白雪下，尼加河在这里完全"柔化"了。于垂柳的河边，会想起柳永的词，更会想起剑桥的剑河风情。四个大学城，蒂宾根恐怕是最秀气、最幽丽、最遗世独立的。站在尼加河边，凝视一幢幢、一排排如诗如画的屋宇，不能不联想到位于尼加河北端的海德堡。尼加河真幸运，它流过了两个意境脱俗的大学山城。

德国的小城，钟声特别悠扬。我常常会忆起剑桥大学圣约翰书院的钟声，华兹华斯说："那钟声，一声是男的，一声是女的。"每次想到这里就不禁莞然而笑，真不能不佩服诗人的耳朵呢！闲步在德国的大学城，总不知不觉会怀念海德堡的姊妹城剑桥。剑桥是不折不扣迷人的"迷你型"的大学城！

附　录

最难忘情是山水

今年五月九日，香港中文大学应北京大学、清华大学及科学院的邀请，马临校长率领一个七人代表团前往北京作七日的访问，我是团员之一。这三个学术机构的负责人，都曾来过中大，这次代表团北上不只是礼貌性的报聘，也是具体落实学术上的交流与合作。

趁这次北京访问之便，我又转到江南作九日之游。事先，内子与我已在香港参加了一个商业性的旅行团。行程是香港—广州—南京—苏州—无锡—杭州—上海—广州—香港。我们是十八日在南京与旅行团会合的。大陆之行，共十七天，先后历七城，纵贯大江南北，虽是走马看花，却也是颇有所见，略有所闻，更不无一些所感所思。这篇小文章则是照旅行笔记改写而成，是感性的、片段的、印象式的，谈的不是什么大问题，只是些山水名胜的观感。诚然，神州之行，最难忘情是山水。

耀基志　一九八五年六月十七日

北京七日，一直住在北大勺园宾馆（正式访问毕，次日即搬到友谊宾馆），宽敞舒适，环境清新。北大以原来燕京大学旧址为中心，古色古香，别有风格；校园大而平坦，最宜单车代步。如果无急事，漫步在花草树木之间，倒也有份安逸的趣致。在有名的"未名湖"畔，早晚仍然能领略到北国春天的气息。

北大是中国大学之魂，在五四、新文化运动中都扮演了主要角色。在许多新旧建筑和雕像中，使我忍不住要前往瞻仰的是蔡元培先生的半身像，据说是去年竖立的。蔡先生倡导的大学精神是"自由的精神"，也是"容忍的精神"。在他的领导下，北大才成为"囊括大典，网罗众家"的学府。有子民先生的精神，北大才能成其"大"。子民先生的雕像较之北大清华校园中毛泽东的像（现已移走——编注）是小得不成比例的，但瞻仰先生的像时，总觉得他有胸纳百川的襟怀！

清华与北大只是一间之隔，世界上很少有两所著名学府如此邻近的。二校虽只一间之隔，但它们却有很不同的学风。

在紧凑的日程里，我曾两度到清华园的"水木清华"。一池清浅，碧绿如玉，"天光云影，尽得风流，好一片优雅恬静的小天地！真是名不虚传的"水木清华"，无怪乎老清华的校友对她总是魂牵梦萦呢！

北京这个古都，给人一种阔大、古朴和博厚的感受，在游赏长城、故宫、天坛这些古建筑时，这种感受就更强烈了。

到八达岭，步上长城的城头，看青山逶迤，白云缱绻，真有千古之思。长城如一卷读不完的史诗，记载了太多这个古老民族的沧桑！不知是不是因为城上万头汹涌的人潮，蠕蠕而动，突然使我觉得长城像一条满身伤痕的苍龙，他艰难的呼吸随着群山起伏！

游长城什么季节都可以，长城是属于四季的，但千万不可假日去，人一多，风光黯然！

故宫是一座楼阁层层、殿宇重重的紫禁城，千门万户，深深不知几许？这是明清两代五百年间二十四个皇帝居住的地方。格局之大，气派之伟，实非我所见欧洲其他宫殿可以望其项背，而日本的皇宫，真要属于"迷你型"的了！这里九千余间房屋不知匿藏了多少稗官野史，清王朝的崩溃并没有减少它神秘的诱惑力。

要欣赏故宫建筑之美，最好到宫院后面的景山主峰。站在

"万春亭"上，紫禁城的全景都来到眼前，檐檐楼阁，如浮在天际的片片彩云，红墙黄瓦，金光闪烁，一波接一波的便是那著名的"宫殿之海"了。

北京是好古者不易消化的旧都。太多的古迹，在匆匆的行程中是赏之不尽的。但无论如何，天坛还是"必看"的建筑。天坛建于明永乐年间（1420 年），是帝王祭天之处，面积达四千亩，较故宫犹阔大，气派轩昂，雍容华贵，有上国之风。自北门入，有"祈年殿"，南门则有圜丘坛，中间有二百六十米长的"丹陛桥"相连。"祈年殿"高三十二米，为一座鎏金宝顶，全由木建的三层重檐的圆形大殿。大殿由洁白的坛体衬托而起，坛分三层，四周以汉白玉为石栏，由于坛体逐次收缩向上，予人拔地而起、耸入云天之感。有诗赞曰："白玉高坛紫翠重，不是天宫似天宫"，确是写景佳句！在北京八天，除了北大、清华和科学院，足迹所至，尽是名胜古迹。

南　京

五月十八日，坐软席卧铺的火车于清晨四时抵达南京。

在北京火车站，我第一次经验到交通"紧张"的滋味。偌大的火车站挤得水泄不通，软席卧铺不是一般老百姓容易买得到的，拿外汇券的港澳同胞，多少享有些免于拥挤的自由。

南京是六朝古都，在今日再感受不到金陵王气了。

在没有与香港的旅行团会合前，乐得到处逛逛。

找不到"出租汽车"，倒乐于试试公共汽车。一上车，便见一四十左右的汉子，"噗"的一声，朝车外吐了口痰，面不改色，气定神闲，在单车如林的街上，居然无人遭殃，真是阿弥陀佛！北京正发起如火如荼的"反吐痰"运动，所到之处，不但不见有人吐痰，地面亦甚洁净。故宫如此，太庙、西山、颐和园，乃至北海、长城都如此。在北京，吐一口痰，罚款五角，在南京是二角，是三角钱的价格差异，便有这样不同的效果？正怀疑间，路旁两边绿荫蔽天的梧桐把我吸引住了。在此次所至的各个城市，街道两旁的树木是令人喜悦的，此刻我仍然难忘北京机场路上那十几公里的青青柳色。

南京夫子庙是热闹的地方，街容是又破又旧的，不过，倒有北京王府井不易见到的生气。个体户贩摊上，金鱼、雨花石、家私、牛仔裤都有，花样不少。猛然看到横挂着"贯彻活而不乱、管而不死的方针"的标语。在旅行期间，不常见到政治口号；关于经济和"文明"的倒有一些，看来中共真决心想走出"一放就乱，一收就死"的经济死胡同。我到北京的当天，正是物价调整的时候，大家就怕通货膨胀，工资跟不上。

不错，新街口一带的商店齐整得多，依稀可以想象当年的风华，不过，而今却也只落得破旧二字。在馆子里吃了顿饺子，不算差，我也不敢期望太多。馆子外的景象使我不期然想起五十年代的台北，有点相似，又不相似，人太多了，单车也太多了，多得有一种压力感。这种压力感在各个城市都一样重。人，人潮，人海！人一多，人的尊严都降了几度，又使我不能不想起北大清华所见的毛泽东巨像，是他说的："人多好办事。"如今，第一个大问题就是人口问题，大陆的四个现代化真是步履维艰啊！

新街口上的金陵饭店是一耸入天际的巨型建筑，是一位新加坡华侨斥资四千八百万美元建的。这座八十年代的大楼，矗立在四周五十年代或更早的建筑物当中，那种对比真是强烈。看金陵饭店的设计，真会相信它是香港中环飞落到此的，无怪整日都有人群围在门口向里面张望。是对"未来"的好奇？还是对"资本主义"的迷惑？

南京的古迹名胜不少，无梁殿、中华楼，皆令人低徊不已。玄武湖更比北海公园清雅几分。站在雄健的长江大桥桥头，看滚滚江水，自有一番豪情。但在旅行团参观的节目中，印象最深刻的便是中山陵了。

中山陵是中山先生之陵寝，瞻仰者络绎不绝。晨雨之后，郁郁苍苍，更显得沉雄博大，碑石上的金字，"中国国民党葬总理孙先生于此"，光泽如新，这是"重点文物保护单位"，看来是有经常维修的。中山陵共三九二级，从下面望上去，层层叠叠，如有千级，有高山仰止之感；从上面往下看，则只见一片片广阔的平台，似全无阶级也。此最能显中山先生平易近人的精神。中山陵出自吕彦直的手笔，当时他不过三十许人，他的设计之难能处，在于捕捉住中山先生人格之伟大，却没有把中山先生塑造为神！

苏 州

从南京到苏州，车外的水田越来越绿了，远边近处的红砖村屋，在阳光下，显得好新鲜。江南水乡本有情致，农家添新屋，总叫人看了欢喜。

进苏州，已是近午时分。梧桐的浓荫遮不尽白墙、墨瓦的古意雅趣，小城的街道玲珑得我见犹怜。还来不及咀嚼匆匆的第一面，汽车、单车、人群之争先恐后，此起彼落的喇叭声，我那份准备拥抱江南半个仙乡的心情已经冷了半截，更有那一块块、一条条店面上的简体字，把这个二千四百九十九年的名城装点得今不今、古不古。最难堪的恐还是穿插在大街小巷的小河，水仍是水，只是已成为与污物浮沉的浊流了！

一墙之隔，改变了我苏州之旅的情怀！

只需穿过一道墙，便进入四百年前明代的"拙政园"了。由东园进入中园，在"倚虹亭"畔，园中景色已难消受，小立"远香亭"，南北皆是平台池水，更幽趣横生矣。池中复有二山，西山有"雪香云蔚亭"，东山有"待霜亭"，山上通植林木花竹，尽得自然之致，两山之间连以溪桥，更有景景相连之趣。全园占地六十余亩，水池为五分之三，亭台榭阁，参差错落，布局精妙，无一角度不美，无一景不可入眼，举步所至，皆是秀色，真有"移步换景"之乐也。苏州园林甲天下，洵非虚语，而行家评拙政园，"无一处败笔"，难矣哉！

在姑苏饭店过夜，好像没有听到钟声，我总忘不了张继的《枫桥夜泊》诗。

次日清早，钱辉女士与她的亲人陪我们欣赏"网师园"。此园筑于南宋，清乾隆年间重修，格局不若"拙政"大，但精致或有过之。步入墙内，第一眼所见，还怀疑此园名大于实，穿过几处回廊之后，心境不同，观感也不同了。真是园中有园，景外有景，有迂回不尽之感。未来苏州之前，我在美国纽约大都会艺术博物馆已经探望过"明轩"，明轩就是以网师园的"殿春簃"为蓝本的。殿春簃布局高雅，应浓处浓，应淡处淡。诚是去一石，添一木，不可得也。没有到过苏州，东方园林恐只有让扶桑独步，游过拙政、网师，方知中国园林艺术境界之复绝。当然，京都园林的简素之美，是非常醉人的。

在苏州的园林中，耦园不是一般外来的游客常到的，但我一见到钱辉女士，就表示要去一游，因我不止一次听宾四先生提起过。耦园坐落比较僻远，还要穿过不少小巷，汽车不到，游客也就稀了。

踏进耦园，就有一种少有的宁静与舒逸。在大陆任何风景点，无不是人潮汹涌，宁静与舒逸已是太奢侈的享受了。耦园有一半已关封，开放的一半苍老中仍见秀挺，游过拙政、网师，依然掩不尽它的悠悠情趣。林木扶疏，假山如云，池不大而清幽，亭古拙而无华。一景甫尽，一景又生，浮现在茂竹青松上的飞檐楼阁，最是幽雅清逸。钱辉说："那是父亲当年著述之处。"

游苏州的园林，就是入墙易，出墙难，一出耦园，便是一条不堪入眼、不堪入鼻的小河，而河边昂昂然旁若无人、吐着黑气的工厂烟囱，又岂止是焚琴煮鹤？

虎丘因车塞而作罢，寒山寺是到了，还见到那口给诗人灵感的古钟。妙不可言的是，外宾和港澳同胞还可以登楼撞钟三下！姑苏的钟声未绝，只是不在夜半了。

无　锡

无锡是工业城，也是江南旅游胜地。现在的城址始于秦汉置县，它的历史甚至有二千年了。像所见的江南古城一样，市容破旧杂乱，嗅不到半丝古雅气味。从火车下来，汽车把旅行团送到无锡图书馆前。这是市中心了。一抬眼，树上尽晒着衣裤？我已不惊讶，这是南游以来常见的景色了。要探古寻胜，还得去风景胜地；说无锡之胜，自然是在太湖了。

不必到"太湖佳绝处"的鼋头渚，就可以欣赏到烟波浩渺、帆影点点的风光了。人称太湖有湖光之秀丽、大海之雄奇，信然。太湖面积二十余平方公里，游艇纵驰其上，青波白浪，重峦叠翠，不禁想起文徵明"谁能胸贮三万顷，我欲身游七十峰"的诗句。据说，太湖不只四季殊状，而且晴天有晴天之景，雨天有雨天之景，湖光山色，变幻无穷。此一时也，似一片轻烟，彼一时也，似绿玉晶莹，若乃长风驾浪，则山水变色，飞鸟绝迹，波涛呼啸，足使人魂惊而汗骇！

游罢太湖，夜宿水秀饭店，原来正在蠡湖之滨。蠡湖旧名五里湖，是太湖之内湖，略大于西湖。暮色晨曦中，漫步湖边，平畴一抹，正是江南水乡情味。蠡园临湖而建，亦有柳浪闻莺、南堤春晓、曲渊观鱼诸景。昔人好把五里湖与西湖相比，西湖秀艳，五里湖老逸苍凉。其实，蠡湖之美还在它的故事。相传两千四百年前，范蠡助越王勾践灭吴复国之后，功成身退，结庐于山水相依之湖滨，终日与西施泛舟五里湖上。后人为纪念他们，将五里湖易名蠡湖。中国的名山大川，常常因美女名士而抹上浪漫性格，平添无限相思。

无锡的古迹名胜能不为太湖所淹尽的不多，寄畅园、惠山寺就有这样的魅力。

寄畅园应是苏州之外最美的园林之一了。

明正德年间，兵部尚书秦金将元代南隐、沤窝二僧房，辟建为园，名"风谷行窝"。其后裔秦耀经之营之，更名"寄畅园"。盖仕途多舛，被诬罢官，从此看空一切，寄情山水。寄畅之名，想是从《兰亭序》"一觞一咏，亦足以畅叙幽情……因寄所托，放浪形骸之外"借意而来，而寄畅园之不输拙政、网师者，亦正在其"借景"之妙。

园不过十五亩，但入其园，顿觉天地宽畅，惠山诸峰，飘落在树梢之上，锡山的龙光塔更飞移到池边水榭。园内与园外连为一景，园林建筑中借景手法之高卓，无以复加矣。

"锦汇漪"是园中央的一泓池水，大不逾二亩，但寄畅园的烂漫锦绣全部汇摄于此。池中心一侧，有水榭知鱼槛，与对岸石矶鹤步滩相对峙。水池由南向北，长廊临水曲曲不尽，池边有郁盘亭、清响月洞、涵碧亭等。山影、塔影、树影、花影、云影、鸟影尽汇池中，锦汇之名，谁曰不宜？

康熙、乾隆都曾六度游赏此园，题咏不绝。乾隆第一次南巡邂逅此园时，爱不忍去，回京后，在颐和园东北角，仿此园造了惠山园，以解眷爱之思。但于第五次南巡回京后，总觉无法与寄畅媲美，乃将惠山园改名"谐趣园"。乾隆不算俗人，亦颇能欣赏山水之胜，居然不知寄畅"借"来之景，乃天造地设，尽得自然之机，岂可乾坤另造？

说到"借景"，我忽然担心起苏州的园林来，园外高层楼房，工厂烟囱，恐已不借自来地伸入园中了。听说过苏州城内今后不许设厂，也不准盖三层以上的楼房了！但愿古城名园，还来得及挽救！

访惠山寺，总是想看看被茶神陆羽品为"天下第二泉"的惠山石泉水，但真正令我留恋不去的却是竹炉山房毗邻的"云起楼"。

初不知有云起楼。入得寺中内院，仰头抬望，直不信此处有如斯景色。在翠柏青松之间，一组随山起伏、叠叠层层的古建筑，隐隐现现，渐次升高，宛若悬在天半的仙阁楼台，令人有出尘之想。原来中间一层，就叫"隔红尘"！传说康熙游惠山时，想召见一位道行深厚的高僧，谁知这位高僧拒绝见驾，说："化外之人，早已隔绝红尘，名利富贵，已成身外之物。"结果有人替康熙在山坡上造了一条曲折的回廊，于高下交接处就叫隔红尘，表示已身入仙境，皇帝就可以与高僧交谈了。传说尽多穿凿附会，却是增添了山水之玄美。隔红尘最高层有楼三楹，就是"云起楼"。云起楼原为惠山寺"天香第一楼"故址，取名云起，是用"山取其腾踔如龙，楼取其变化如云"之意。在"云起楼"不能不想起新亚书院的"云起轩"。云起轩为饶宗颐先生所取，轩不大，亦非华美，然马鞍山之雄奇，八仙岭之峻秀，吐露港之清丽，尽在眼底。坐看云起时，因可忘忧，而谈笑有鸿儒，往来无白丁，轩自不陋！

杭　州

　　抵杭州时，是清晨六时许，车从码头去花港饭店的途中，晓风残月，柳丝如发，西湖朦胧中的初醒，竟引不起我的惊艳！当时只想洗个热水澡，大睡一场。

　　在船上十三小时，从无锡到杭州。运河的污臭，客船底舱的脏乱，当我在无锡的湖滨路上船时，所见所"闻"，已很难再有"乾隆下江南"的心情了。我们在船底统舱里的硬席卧铺，倦了可以入睡，也就"既来之，则安之"。傍晚时分，到上面硬席坐铺一层，只想看看运河的暮景，底舱的窗子太小，看不远。但站了五分钟，再也看不下去了。一堆惨绿少年奇形怪服，但一见还看得出不是外来的，播着手提录音机里的摇滚乐，声震耳鼓，又跳又抖，全不顾其他旅客的心情。一个老年人双手蒙耳，无奈地蜷缩在座位的一角；不知他会不会把这种"污染"归罪到香港！

　　船在运河是很平稳的，讵知夜晚入太湖后，风涛骤起，排浪击船，旅行团中的一位七十岁的阿婆，轻轻问中旅社的"全陪"小盛："安不安全？"正说间，隔壁床铺大叫一声，水浪已破窗而入。一位六十来岁的男士，找到女服务员理论。"我怎么睡？床被全湿了，身子也湿了，这种事根本不应该发生的，窗子这么破旧，早该修了！"未几，穿蓝衫的船长来了。说着说着，吵起来了。船长胸中的积闷也爆发了："你要打报告？好哇？报告写得越长越好，报告打给越高的越好！我是小小船长，有什么权？我报告上级不知有多少次了，有什么用？你打，你去打报告！"舱中的人都醒了，有些人在发议论。这时，轰隆一声，湖水冲进我的那个小窗子了。被褥、衣裤也全湿了。那位女服务员倒勤快地过来了，向我看一眼，作无奈的苦笑。我实在不忍责备她，也没有精神跟船长去理论。又湿又倦，坐着挨天亮，烟斗也变成水烟筒了，抽起来总有些异味。

记得当"全陪"小盛在无锡告诉旅行团时说："对不起大家，去杭州的火车软席座票实在太紧张了，没有办法买到，我们只好改坐船，请大家合作。"旅行团的广东团友，都说："唔制！"但我知道小盛已尽了全力，他是一位很有礼数、又有服务热忱的青年。我劝大家合作，还开玩笑："当年乾隆皇帝下江南，也就是坐运河船的呀！"团友知道别无他法，也就依了；当然大家都没有领略过内陆坐船的滋味的！一位女团友倒也有意思，她说："旅行就是摩登走难！"

到杭州当晚，中旅社的一位负责人，特别在"杭州风味厅"设宴为我们这个旅行团"压惊"，这是一顿上好的杭菜。不过，当我喝第一口绍兴酒时，已觉浑身酸软。从杭城起，我就抱病旅行了。

两岁时曾在杭州，对这个与苏州并誉为人间天堂的古城，当然一无记忆，但从诗章中，从画片里，我对杭州是不陌生的。

灵隐寺，已一千六百年了。建于东晋年间，规模气势都不同凡响，但我总觉得没有家乡天台山国庆寺那份不染尘嚣的清趣。

灵隐寺的飞来峰，是否由天竺飞来，信者自信，疑者自疑，峰中壁上的石刻倒确是宋元的真迹。临溪岩上的弥勒佛，一手按布袋，一手捻佛珠，袒腹踞坐，远远已闻其笑声。

随旅行团，如蜻蜓点水，访岳王庙，游龙井、六和塔，再涉九溪十八涧。不知是否病中心情，总觉无甚趣味，倒是"虎跑"令人喜爱。"虎跑"是一古寺院，以泉水出名，传说唐代僧人寰中居此，苦于无水，一日梦有"二虎跑地作穴"，醒来，果见泉水自土涌出，故名"虎跑"。其水甘洌清醇，被誉天下第三泉。寺中有高僧道济的塔院遗址，果如母亲所说，这位嬉笑人间、菩萨心肠的济公活佛确是我家乡天台县人。

在虎跑品龙井是一大享受，"龙井茶叶虎跑水"，号称"双绝"。"第一杯香，第二杯甜，第三杯清肺。"如是说，亦有如是感受。离寺前，去洗手间，一人索钱一角，团友出来后大呼："好抵，物有所值。"诚然，在运河船上，在城里，在风景区，去不收钱的厕所已不只是女士需要勇气的事！

杭州的美，当然不限于西湖，但没有了西湖，她便没有那份仪态万千的风华了。西子湖的美，在山水之间，也在骚人墨客的文章诗词里。读了东坡居士的"水光潋滟晴方好，山色空蒙雨亦奇；欲把西湖比西子，淡妆浓抹总相宜"；西子湖还有哪个时分、哪个装束不令人恋慕呢？

没有到西湖，西湖十最早已熟记胸臆了。春已逝，但在柳浪中依然若有黄莺啭；秋末临，平湖的明月仍会感到格外的清辉。此时游湖，断桥不见残云，曲院难闻荷香，但诗中之画，多少补上眼中未见之景了。在西湖，举目所读之景，莫非一篇篇上佳小品文；漫步白堤苏堤之上，更像是踏在一首首千古传诵的诗篇上了。

我总觉得，中国的风景，无论小小园林，或是崇山峻岭，都脱不了文人历史的渲染，几千年的文化，连山水都中国化了。犹记去夏游北美落基山，但见群山排空，气吞斗牛；苍岭负雪，烛照万峰。那种大自然生命的原始跃动，惊心慑魂而幽谷寂寂，山水依傍之态，却又有一种从未沾过人间烟火的天地灵气！

上　海

上海不是山水之乡，风景是谈不上的，但这个曾是东方第一大都会而今有一千二百万人口的城市，却是我少年读书游憩之地，故土重来，总多一些感触。

到上海已是午夜时分，宿宝山宾馆，距市区甚远。翌晨，游城隍庙的"豫园"。园内园外尽是人潮；城隍庙比南京夫子庙还旺得多，但脏乱破旧，趣味索然，最不可解的是，到处设有"地下痰盂"。在公共场所吐痰的恶习真还只能"疏导"，而不能禁绝？北京能，上海为什么不能？

豫园不是无可看，但看过苏州、无锡的名园之后，是可看可不看了。唯一令我感到兴趣的是那块"玉玲珑"，这是被称为尽得"皱、瘦、漏、透"四妙的天下第一的太湖石。中国的园林，少不了假山，也就少不了百态千状的太湖石。

从城隍庙到外滩，不知经过多少大街小巷，我几乎没有看到一幢像样的新建筑。外滩的面貌我是熟悉的，三十五年前的一幢幢临黄浦江的大厦，虽然换了名，也老态毕现了，但仍然依稀可以辨认。站在马路的安全岛上，的确是回到了一个熟悉的地方，却又有巨大的陌生感！

旅行团要去参观一个展览会，我们脱了队。内子陪我沿南京西路（原静安寺路）寻找我少年时的旧居。南京西路倒是很清洁的，路旁似更多了些树木。不很久，我就找到了。巷口尽管被几个临时性的建筑横七竖八地挡着，我还是认得的。进了巷，转了个弯，没几步，就看到那座三层的楼屋了。红砖褪了些色，门牌未变，禁不住朝三楼望去，窗口伸出一根竹竿，上面挂着一件已经晒干了的衣衫，那是我少时的房间！在屋外徘徊了好一阵子，终于敲了门，其实门是开着的。应门的是一位清秀的少女。"我很久很久前在这里住过，能进去看看吗?""可以的，请进来，随便看。"一入客厅，只觉得又窄又暗，原来客厅已分割为几个房间了。我熟悉地走到花园，花园也堆满了杂物，花草是没有了，但那棵玉兰花还在。我没有上楼，我知道上面住了几家人，不想去打扰，反正也找不回少年的时光了。离开了那座三层的楼屋时，在巷口，忍不住回头。我知道我不会再回来了，到底那已不是我的家了。

广　州

　　从白云机场到白天鹅酒店，又是近深夜的时刻。伤风还没有全好，人倦得很，洗了澡，吃了在上海国际饭店买的药，就睡了。元祯收看着电视上香港小姐的复赛！

　　翌晨，搭第一班早车返香港。在火车上，回想着十七天的大陆之旅，少小离家老大回，一别三十六载，最难忘情是山水？

从剑桥到中大，从文学到社会学

——谈文学和大学教育*

访谈者：林道群

林：金教授，最近看到你重印了《剑桥语丝》、《海德堡语丝》和《大学之理念》三本书，令像我们这样的老读者，想到了很多，有些是关于时下的，有些则是关于过去的，为什么选择在这第三个千禧年的第一个龙年，重版这三本书呢？

金：没有什么特别原因，不过碰上第三个千禧年的第一个龙年，觉得有点意思。千禧年这个符号是西方的，现在变成为了全球的，龙年则是中国的、东方的，或者说是本地的。作为一个现代的中国人，这些符号都已构成存在的意义的一部分。

至于这三本书的重印，则是因为《剑桥语丝》与《海德堡语

---

* 本访问成于二〇〇〇千禧年。

丝》的香港版早已断市，不时还有识与不识的人问起。《大学之理念》原在台湾出版，香港的读者不易找到，所以我趁机对原书做了些增删，以新版在香港问世。当然，书之重印至少要通得过出版人和作者本人两关。牛津大学出版社愿意为此三书重印，那是通过了牛津大学出版社编审的眼光与判断的一关。就我个人这一关而言，我出过好几本书，有的已断市，但我不会重印，这三本书似乎与时间关系不大，还是有人看，还是值得再问世，《大学之理念》更是一个新版，增加了新的内容。

林：在你的著作中，好像唯有两本"语丝"是属于文学的，很多人也非常喜欢这两本"语丝"，《海德堡语丝》还被上海文艺出版社收入《中国留学生文学大系》中，但此后也未见你再写了①。这两本"语丝"是怎样写出来的？

金：写《剑桥语丝》和《海德堡语丝》，如我说过的，那是一种因缘。如果不是一九七五年去了剑桥，就不会有《剑桥语丝》这十多篇散文；如果不是因为有《剑桥语丝》在先，不是因为一九八五年在海德堡住了半年，也不会有《海德堡语丝》。

简单地说，我之动手写剑桥，就因为它美，之所以会一篇一

------

① 到了二〇〇八年，金教授终于写成"语丝"的三妹《敦煌语丝》。

篇地写下去，是因为它的美是有内涵的，是一种涵有历史、文化的深层之美。我写一篇篇的剑桥，是一篇篇的"独白"，但也是一篇篇与剑桥的对话。一九八五年，我也写《海德堡语丝》十多篇散文，也是同一心理、同一心境。

林：良辰美景，因缘际会，然而写的时候主要想的是什么？比如说一开始落笔，有没有想过一系列下来要怎样写，写成怎么样的文章？

金：当时写《剑桥语丝》时，并不是一开始就想过一系列地写，也没有过出书的念头，但一开始落笔后，觉得很难停笔，觉得不多写写，不好好写，颇有负剑桥，或者颇有负我的剑桥之行。诚然，当时有不少读者包括我的父亲，催促我一篇篇写下去，其中台湾的《中国时报》与《联合报》编者的雅意与盛情更是我一篇甫完，又在构思另一篇的原故。最想不到的是，最早对我提出一篇篇散文结集出版的是我的老师，也是中国的大出版家王云五先生。王云五师太喜欢这本书，他还指定列在台湾商务印书馆当时正在策划的《岫庐文库》的第一本。《剑桥语丝》的问世，实是一连串的因缘。

林：你写的《剑桥语丝》有你自己的风格，董桥曾称你的两本"语丝"是"金体文"，你能否说说你的《剑桥语丝》是怎样的一本书呢？

金：董桥是散文的奇才，眼高，手也高，他对我的两本"语丝"有特别的偏爱。说真的，《海德堡语丝》的一篇篇散文，所以能在《明报月刊》一期期刊出，就是被当时他这位《明报月刊》总编辑的高情盛意所逼出来的。纯粹讲"文章"，《海德堡语丝》恐怕更多一点"金体文"的味道，问我《剑桥语丝》是怎样的一本书，这一点我曾说过：

这些语丝，有的是感情上露泄，也许没有徐志摩那种浓郁醉意；有的是历史的探寻，但我无意于严谨的历史考证；有的是社会学的分析，却又不是理性的社会学的解剖；还有的则是"诗"的冲动与联想（我不会吟诗，但在剑桥时，我确有济慈在湖区时的那份"我要学诗"的冲动）。我真的很想勾勒、捕捉有形的剑桥之外的剑桥，那是雾的剑桥、古典的剑桥、历史的（发展的）剑桥！剑桥已经亭峙岳立地存在七百多年了。在我之前，不知有多少人曾以彩笔丽藻写过她，在我之后，必然还会有无数人继续去写她。剑桥是一"客观"的存在，但每个人笔下的剑桥都是他们自己的。

现在看来，《剑桥语丝》里面想写的东西是很多的。当然，怎么写，如何写是重要的，但写什么，表达了什么一样重要，或者更重要，这就是以前中国人所说的文与质。我以前说《剑桥语丝》"没有微言大义"，事实上，也不能说完全没有，这在《海德堡语丝》就更明显了。

林：你说写《剑桥语丝》与一般的游记也不太一样，怎么说呢？

金：梁锡华博士曾有一篇学术论文，评论香港的游记文学，其中用了很多篇幅讨论我的两本"语丝"，特别是《海德堡语丝》，他对"语丝"有很细致深入的分析，显然他很看重。梁锡华博士是把我的"语丝"归为游记文学的一类，不过，他又认为我的"语丝"不太像游记。

我自己并不在意这两本"语丝"是否属游记文学。诚然，我所写的确是在捕捉我所"晤对"的景与物，但我落墨最多的是我之所思、我之所感。所思所感都表现在联想与想像上。这就变成我很"个人的"、"私己的"世界。纯以看游记的心情来看"语丝"就不一定对味了。不过，我觉得不管是什么类型的文学，联想和想像是创作里面主要的成分。没有想像，没有联想，谈不上创作的，创作不是凭空造出来。

林：陆机《文赋》所说"观古今于须臾，抚古今于一瞬"……

金：写作时，联想与想像的空间真的太大了，上下古今，东方西方都会交结串联。古人有言，因为花，想到美人；因为酒，想到侠士。联想是符号的交光互影。人与动物不一样，动物只识得信号，人则活在符号世界中。语言是符号，文字是符号，仪式是符号，艺术是符号。怎么把符号想像性地建构起来，这就不是写学术论文了。那是我们说的文学世界了。

林：在《大学之理念》里，你引纽曼（John Newman）的话说："大学不是诗人的生地"，接着又说，但如果大学不能激起年轻人的诗心回荡，大学是谈不上有感染力的。剑桥、海德堡这样的大学的外在环境是怎样引起你心底里"诗的冲动和联想"？

金：纽曼是就大学之功能而言的。至于像剑桥、海德堡这样的大学城，不止美丽，而且有历史与文化的厚度，有千百样的符号触动你的心灵。当然，这对每个人都是个人的晤对。所以说，千只眼睛有五百种的看法，如果个人心里没有历史的话，历史并不存在。心里没有文学世界，你看到的是不会有文学性的。当年到杭州，走在苏堤白堤上，我说，漫步苏堤白堤之上，像是踏在一首首千古传诵的诗篇之上。白居易的诗，苏东坡的诗早已成为苏堤白堤的构成部分了。苏堤白堤不只是苏堤白堤，它们是中国文学的符号。所以当你心中有苏东坡，有白居易，那么同样走在苏堤白堤上，但实际上你走的和别人走的，其实是不一样的了。你每走一步有你自己独有的联想和想像。有时候，读者朋友游罢剑桥归来说，金先生，剑桥没你写的那么好嘛。我说，那我可没有办法呀，那是每个人如何会意的了。比如没有徐志摩，我与剑河一打照面未必就会有那么多的联想。从这一点来说，我看到的剑桥的确可说是来自历史，而不是唯美。

林：我希望你就联想这个概念再多说几句。

金：比如说《剑桥语丝》的十多篇文章中，谈到中国的好像并不多，但联想常是一种跨地域的、跨时空的心灵活动，就以《是那片古趣的联想？》这篇散文来说吧。我当时在剑桥，对剑河、对剑桥的建筑，对剑桥的草木，对剑桥的月光所感染到的，是一种古典的味道，很熟悉，好像曾经来过，怎么说呢，那是诗里面的，中国古诗里面的。现实中剑桥的物景我虽然第一次晤对，但在想像世界中我的的确确早就徘徊过不知几回了。故一见到她，我立即有"就是它了"的一种感觉。它给你一种感觉，一种不陌生的感觉，一种"曾经来过"的感觉，所以我写："曾经来过？是的，我确有些面熟，但我已记不起在哪里见过了。是杜工部诗中的锦官？是太白诗中的金陵？抑是王维乐府中的渭城？有些像，但又不像！但我何来这样的感觉？是佛塞西雅的联想？

还是因剑城的那片古趣?"

林:一种古典的味道?是纯粹美学的还是历史的……

金:什么是"古典的味道",也许未必能说得清楚,但你我的确都能深深地感受到,它是经过时间的洗礼后的一种美,是美学的也是历史的。两样都有,都纠缠在一起了。甚至中国、西方之分别,在这样的情景交融中都分不清了。

林:《海德堡语丝》所收《最难忘情是山水》①一文终于在景在情都回到中国来,又是怎么样的联想?

金:你或许不知道,那篇文字写于一九八五年,是我第一次踏上离开了三十五年的中国故土,"少小离家老大回",心情是很复杂的。那篇文字着墨最多的是山水,是文化中国,不是政治中国。那些难以忘情的山水,其实我以前大多数并未去过,然而我在梦中却不知去了多少回了。故土之行不久,我去了德国的海德堡,在他国异乡常常在潜意识里,不知不觉中都会想起中国。中国对我是一个庞大而有无数意义交集的符号丛结。当我在海德堡高弗兹博物馆看到六十万年前的"海德堡人"我就自然地想到我们的祖先"北京人"来,我问:"他(她)老人家现在何处?"

---

① 见《敦煌语丝》,牛津大学出版社,二〇〇八;中华书局,二〇一一。

在巴黎凡尔赛宫惊眩于金碧辉煌的秋色时，我不禁想起故宫，想起景山，更想起北大附近西山的红枫，"听人说，西山的枫叶像西天的一片彩霞"，我这样写。

令我自己都有点讶异的是，当我在日内瓦古城一家客栈，打开七楼的窗帘，见到一片初雪时，我这样写：

眼下所见的屋顶尽铺着闪闪发光的白雪，一轮旭日从中国的方向升起！

我的胸中笔下与中国这个符号丛结有太深的关连。

林：写那篇文章时印象最深的是……

金：你记得我怎么写南京，写中山陵吗？我是这么写的：

中山陵是中山先生之陵寝，瞻仰者络绎不绝。晨雨之后，郁郁苍苍，更显得沉雄博大……中山陵共三百九十二级，从下面望上去，层层叠叠，如有千级，有高山仰止之感；从上面往下看，则只见一片片广阔的平台，似全无阶级也。此最能显中山先生平易近人的精神。中山陵出自吕彦直的手笔，当时他不过三十许人，他的设计之难能处，在于捕捉住中山先生人格之伟大，却没有把中山先生塑造为神！

还有我写苏州，可是一种痛啊！

进苏州，已是近午时分。梧桐的浓阴遮不尽白墙、墨瓦的古意雅趣，小城的街道玲珑得我见犹怜。还来不及咀嚼匆匆的第一面，汽车、单车、人群之争先恐后，此起彼落的喇叭声，我那份准备拥抱江南半个仙乡的心情已经冷了半截，更有那一块块、一条条店面上的简体字，把这个两千四百九十九年的名城装点得今不今、古不古。最难堪的恐还是穿插在大街小巷的小河，水仍是水，只是已成为与污物浮沉的浊流了！

我说拥抱江南半个仙乡，因为另半个是杭州。接着写到西湖：

在西湖，举目所读之景，莫非一篇篇上佳小品文；漫步白堤苏堤之上，更像是踏在一首首千古传诵的诗篇上了。

林：写得真好！

金：苏杭、苏堤白堤，几百年来太多文人墨客写过了，这是我们的财产，但也可以是我们的负担。中国文学传统有时会把人压得丧失了创造力，例如你看美人会很容易想起"沉鱼落雁之美"的文句。第一个能使用"沉鱼落雁"的人真有想像力，然而我们如果陷入骈四俪六，成语典故，则终陷入一种文化的模型中跳不出来了。文学如此，画也一样。我们说陈腔滥调的文学，就是指被定型了，就是指没有想像力了。文学要有发展，一方面需要浸淫在文学传统中，但另一方面又要能从传统文学一层层的包围中挣脱出来。

林：我们读书可将勤补拙，但怎样才能走得出来呢？古典文学世界毕竟美得如诗如画。

金：传统越厚，文学世界当然越丰美，但对个人而言，它是文化资源，但也可能是负担。本来嘛，要在承继传统中，又要有突破确是难乎其难的，所以，不是说，独领风骚五百年吗？这是夸大的说法，但也正说明在中国巨大的文学传统中，要有巨大的原创性的突破是少之又少的。倒是十九世纪末以来，西潮东来，中国传统受到前未之有的挑战，这固然不幸导致许多传统的破坏，但却也因此开辟了文学（不止文学）这新路。

林：金教授，你写《语丝》，可见出你对文学之爱，不过，你的专业是社会学，从文学到社会学，这条路是怎样走上的呢？

金：是的，我是从事社会学的。我对文学有所爱，但毕竟是社会学之外的兴趣。我求学的道路平稳而多变，从修读法律始，到政治学，到国际事务，最后落脚在社会学。我之所以对社会学发生兴趣，那是因为它对我关心的大问题，即中国之变与中国之出路提供了最有力的思考的资源与着力点。一九六六年我出版的《从传统到现代》已可看出我已走上社会学之路，诚然，我的性向，我的人文情怀，都影响我的社会学思维的倾向。

林：后来怎么来到了香港中文大学？

金：一九七〇年来香港中文大学实在是又一因缘。当时，中国著名的社会学家杨庆堃教授应中大创办校长李卓敏先生之邀请，帮忙发展中大的社会学。杨教授曾看过我写的《从传统到现代》，是他写信到美国，极力鼓励我来中大的。想不到，我一来就来了三十年。这三十年我不止目睹香港由一个"殖民城市"转向世界级的大都会，并且有幸参与了中大的发展与转化过程。不夸大地说，中大今天已经是一间世界级的大学了。杨教授已作古，我对他有很深的感念。他是一位了不起的社会学家，也是一位了不起的人。今年十一月底，美国匹兹堡大学与中大共同举办一个国际研讨会，是专门为纪念与肯定杨庆堃教授的学术贡献与事业成就的。

林：我记得思果先生写"文学的沙田"圈子，说你是"几乎是唯一对任何人物、任何事情都彻底研究过，而且有了结论的人"……

金：这是思果对我的印象。我与思果不算太熟。我很喜欢他的散文，是英国式的，很淡，也很醇，是一流的。当时中大有一个文学圈，包括余光中、宋淇、梁锡华、思果、黄维梁等人，时有文学沙龙活动。我不是圈子里的人，我当然是乐见其成为一种气候的。后来黄维梁编《沙田文丛》，将我的《剑桥语丝》、《海德堡语丝》收入到文丛里。

林：《大学之理念》此书在台湾不断再版，甚至成为大学生必读书，最近港大风波，胡恩威还撰文说何不好好读一读金教授你的书。然而，我好像未读过你专门讨论中大……

金：《大学之理念》很荣幸香港有胡恩威先生这样的知音。的确，我没有专门写中大的文章，不过我担任新亚书院院长时，倒写过不少关于新亚书院的文字。其实《大学之理念》里面不少笔墨是写新亚的。中大这三十年来经过了很大的"都市化"的过程。所谓大学都市化，简单说来就是在校园中你会碰到许多人你是不认识的了，从人文来说，都市化是一种"陌生化"的过程。

大学不再是传统小乡镇，而是一个城市。University 已变为 mul-tiversity。

林：可小乡小镇的生活往往最令人怀念，大学为什么总要不断地发展呢？

金：当然，当然，当大学是小城镇时，那种大小老少学者聚在一起论道谈艺是很令人神往的境地。不是吗？把酒（茶、咖啡）谈天说地不是我们喜爱的一种学术生活吗？然而现代大学不断在发展，都市化当然与"陌生化"分不开，但我们也应该看到另一方面，都市化可以减少了小乡镇那种"集体的暴力"，没有了周围的吱吱喳喳，指手画脚，个人性更能得以突现。在一种都市化环境中，个人更多一种选择的自由。你无法与所有的人都有沟通、对话，但你可以选择你的圈子、谈你想谈的，分享你愿意分享的，选择是人生的大问题、也是我们现代人的主题，存在主义把选择放到中心位置，选择是自由之源，也是到"真诚"（au-thenticity）之路。整体上看，大学变得太大了，缺少了小乡镇那种人人见面嘘寒问暖的亲切情调。不过深一层看，在大学里的有许多世界，许多小社会，书院是一个社会，学系也是一个社会，在学系里，不用说实验室里紧密合作，学系里的学术讨论密度也远比以前大得多。离"道"更近了。大学因而表现出来的力量比以前更大了。

林：当代博雅教育大师巴森（Jacques Barzun）对百年来西方文化本身理性的过度发达显然不以为然。近日余英时教授、甘阳、夏志清教授都撰文说巴森的新书《五百年来的西方文化》值得认真一读，而若说到对人文教育的悲观，莫如耶鲁文豪布罗姆（Harold Bloom），他说现在大学连莎士比亚也讲不下去。经典失却了经典的地位，大学怎么办？

金：巴森对西方文化理性过度膨胀的批判是可以理解的，布罗姆对人文教育的感叹更容易引人共鸣，经典确是失却了经典的地位。中文大学的邓仕梁教授还写过一本《没有经典的时代》的书。我想中国的人文学者对经典失落可能比巴森、布罗姆的感受更为强烈。在西方大学里，有莎士比亚讲不下去的感叹，而在中国大学里，不但要考虑中与西的学术文化传统的定位，还要对一个"科技性文明"的基本意义有所掌握，现在碰上全球化浪潮，更不能不让大学生有全球知识，世界关怀。的确，在香港的大学里，大学只有三年，学生的时间就这么多，课程怎么安排？这确是大问题。中大一直坚持在专业教育外，要有通识教育，就是希望"中大人"能成为合格的现代的中国知识人。这些问题，我在《大学之理念》中谈得不少。

林：大学教育渐渐朝向全民化教育，大学教育的目标是否仍是培养专业人才呢？培养全人式的大学教育还有可能吗？

金：你说到全人（total man）教育的问题，香港本地有些大学的教育目标诚然是"全人"教育，但在大学的结构中，推动全人教育与专业教育是有紧张性的。香港的大学行三年制，已经对通识教育扣上了紧箍咒，很少空间发挥。再则，在香港，大学不能不重专业教育。原因呢？香港百分之八十五以上的大学生，毕业后会立即到社会上各行各业去工作，只有少部分人会继续念研究所。所以我们的大学教育不能不考虑他们日后就业的专业知识。因此，专业的课程排得很重。中大当然明白，大学只传授专业知识是不够的，不完整的，所以我们同时重视通识教育。至于专业教育中的双方修制、主副修制等等，都是为扩大个人的知识视野。

林：人文教育在大学扮演怎么样的角色？

金：社会越发展，分工越厉害，学术的分裂与分化是不能避免的。在传统时代，人文教育是大学的主导，但在现代，人文教育的位序已不再独尊了。一九五九年，剑桥斯诺（C. P. Snow）就说到"两个文化"的冲突，他说，剑河两岸，一边是人文，一边是科学，他的话在太平洋两边引起很大的争论，而这个争论直至今天仍未完。社会学家帕森斯（T. Parsons）更提出第三个文化的概念，即是社会科学。前些天华勒斯坦（I. Wallerstein）在科大讲开放社会科学（open social sciences），我被邀去作评述。华勒斯坦认为社会科学未必能独自成为一个文化，但它倒拉近了人文和科学的距离。他甚至认为，从本体论讲，人文（human）和自然（nature）不必截然对立。人的世界与自然世界有相通之处。

林：我们已进入二十一世纪，在第三个千禧年开始的第一个龙年，你如何看中国文化的前景？

金：今天我们毕竟已踏入了二十一世纪，我们传统的文化宇宙已改变了。中国文化今天遇到的不是张之洞遇到的问题，也不是王国维遇到的问题，甚至也不是胡适之遇到的问题，我们遇到的是"科技性文明"的问题。我们所要面对的不是要不要"科技性的文明"，而是要什么样的科技性文明，过去科学在世界之中，今天世界在科学之中。海德格尔说过今天谈文化，如不考虑科技是不会深刻的。对科技拒斥是没有必要的。十六七世纪开始以来的科学，改变了"自然"，控制了自然。科学让我们了解世界，科技则改变了世界。到了今天，科技已在改变"社会"。社会改变了，从我们早上出门上班坐车、搭电梯、打电话、接互联网，一切都在改变。二十一世纪，科学开始要改变我们"人"本身了，人的定义，人的存在的意义都会成为新问题。复制人会出现……你可不要笑呀。中国文化，其实应该是人类的文化，都要面对科技性文明带来的挑战。科技在整体上无疑增加了人类的文明性，第二个千禧年开端之时，距今一千年，那时中国或西方的文明是怎样的呢？我毫不犹疑地会乐意生活在今天的文明。你呢？诚然，新科技也带来危机，有危险，也有机会，中国文化的理性的人文传统在新文明的建构中，将会是科技的伙伴，而不是对手。中国文化的根本精神是非科技的，但不是反科技的。

林：三十多年前写《从传统到现代》，主张中国的现代化，不知你对近年对"现代化理论"的批判，对"现代性"问题的反思与讨论，还有"后现代主义"的兴起，有什么看法？

金：我对中国现代化的立场没有变，我认为中国更应加快、加深现代化。现代化仍是二十一世纪中国的大业，这是中国自十九世纪末叶开始的"现代转向"的"漫长革命"（借用 Raymond Williams 的书名）。诺贝尔奖得主墨西哥大诗人帕斯曾说墨西哥是"命定地现代化"（condemned to modernization），其实，中国也一样。至于"现代化理论"，乃指五六十年代美国帕森斯开展出来，影响当时整个社会科学界的理论。"现代化理论"是有其理论的盲点，并且有"美国中心"的倾向性。但是，这个"特殊的"现代化理论的失势是一回事，全球现代化的持续发展是另一回事。现代化之路不是一条，而是多条。同一理由，"现代性"也不能以欧美出现的现代性为范典（paradigm），它只是"现代性"的一个案例，当然是极重要的案例。今天学术界已有相当的共识，那未来出现的，或还在形成的是"多元的现代性"（multiple modernities）。不久前艾森思坦（S. N. Eisenstadt）在香港演讲，也讲的是全球多元现代性。中国现代化所追求的是一个中国现代性，或者说，中国的新文明秩序。现代性的建构是充满发展空间的事业，并没有一个先验或预设的状态。"后现代主义"一词多义，有不同的流派，有不同的问题意识。我在此不会讨论"后现代主义"，至于"后现代主义"中持"现代之终结"的立场者，则迄今我还没有看到真正有说服性的理据。诚然，"后现代主义"中对现代主义，对"现代性"的批判，确有重要的反思。不过"现代性"本身就是有内构的"反思力"（reflexivity）。总之，从社会学的观点，我们还在建构"中国现代性"的过程中。

后　记

说《剑桥》与《海德堡》"语丝"的知音

　　《剑桥语丝》与《海德堡语丝》这二本散文集，在港台和内地已先后有六个版本。二〇一一年，中华书局于筹备百年庆生之年，为我出版了近作《敦煌语丝》，现在又要为《剑桥》与《海德堡》二本语丝出中华版，编辑焦雅君女士再三嘱我多写点有关这二本问世已多年的"语丝"。

　　《剑桥语丝》出版于一九七七年，《海德堡语丝》出版于一九八六年，前者距今已三十五年，后者也已二十六年了。多年来，这二本语丝在港台、内地，一印再印，它们没有为我带来财富，但却让我得到许多书的知音。说到书的知音，自然想起了高上秦和骆学良二位朋友，那时他二位分别主持台湾二大报（《中国时报》与《联合报》）广受读者欢迎的"副刊"，高、骆二位编辑看到我第一篇剑桥文字后，显然十分喜爱，二人在第一时间以同等的热情向我邀稿，并表示今后将无限期免费赠阅航寄报纸到我海外的居所（当年台湾二大报常有这样的大手笔！）我对二报不分彼此，所以，几乎每次我是写好了二篇文章后，同时分寄给上秦和学良二位副刊主编的，十几篇的剑桥所见、所思的文字就是这样与《中国时报》与《联合报》的读者见面的。很没想到的是许多热情的读者中有一位竟是我的业师王云五先生。

云五师当时已从政府退休，重返出版界，主持台湾商务印书馆，自任总编辑（六十年代，我曾有幸被他委以副总编辑之职）。工作至为繁重，他竟有闲趣看我所写剑桥一篇又一篇的小文，并不止一次写信到剑大 Clare Hall 书院我的居处（我全家均怀念那幢有方庭的北欧式木建筑），对我的剑桥诸文，赞许有加。年逾八十的云老还以老编辑的口吻，表示要我将剑桥文字集稿交由台湾商务出版。一九七七年，商务的《岫庐文库》（岫庐是云五师之大号）的第一册就是《剑桥语丝》。这也是《剑桥语丝》首次问世。

《剑桥语丝》问世后，她受到台湾读书界欢迎的情形，是令人欣悦的。不少报章杂志报导了此书，还有对我作专访的，至今我仍有桂文亚在《联合报》写的《星语剑桥》的访问记。的确，许多表示对剑桥一书喜爱的识与不太识的友朋中，我特别不能忘记的是美学家朱光潜先生。一九八三年光潜先生由女儿陪同从北大来香港中文大学新亚书院讲学。他是那一年"钱宾四先生学术文化讲座"的讲者，他讲的是维柯（G. Vico）的"新科学"。当时，我是新亚院长，光潜先生是我久所敬仰的前辈学人，我们有过几次的晤谈。他送我一套他的《美学文集》，我也回赠了我的几本书，其中一本是《剑桥语丝》。这位八十多岁的美学老人很快就看了这本小书。见面时，他一再表示他非常喜欢，他还说他要带回北京，在国内出版，并征求我的同意。我说我很乐意，但因有版权关系，我无权答应。为此，光潜先生就向我要了十本《剑桥语丝》，说是要送人，要人知道剑桥之为一伟大古老学府是什么样子的。朱光潜先生北返后，从北大燕南园寄来一幅书法给我，写的是冯正中的《蝶恋花》，是一九四八年写的，斯时先生应该很健盛，笔墨清秀遒劲，透出一股幽雅的书卷气，新加上去我的名字的上款则字迹颤抖而苍老，有识尽人间滋味的秋凉。这幅字现挂在我骏景园的书房，而今字在人亡，但我总忘不了在新亚书院的"会友楼"与这位美学老人谈《剑桥语丝》的情景。二十九年前光潜先生希望此书在大陆出版，当时未能成事。一九九五年《剑桥语丝》首度在大陆问世，今天又在中华书局出版，美学老人地下有知，一定还是乐意见到的。

十分有意思的是，二〇〇八年，北京大学出版社出版的《中国大学生读本》中，收入了《剑桥语丝》中《雾里的剑桥》一文，我相信该书的主编夏中民先生希望通过这篇文字使大学生能认识和欣赏剑桥这个学府的精神气质，拓展大学生的"诗意空间"吧！正因为七百年剑桥的雾样的历史，不止使我要探寻剑大的生成发展的历史和既有古典又有现代的校园文化，更引起了我对"大学之为大学"的思考，因此触发了我以后撰写《大学之理念》的动念。《大学之理念》一书自一九八五年在台北问世以来，港台、内地已各有版本面世，我也曾在三地多次作有关大学与中国现代化的演讲，积累了不少文稿，事实上，我已有意出版《大学之理念》的"续篇"了。说起来，如果没有《剑桥语丝》，可能也不会有《大学之理念》。

书一旦出版之后，便有它自己的命运。在一九八六年之前，《剑桥语丝》是我著作中唯一的散文集，一九八六年《海德堡语丝》在台湾的《联合报》与香港的香江出版社同步出版后，这二本散文集便成为一对姊妹篇了。最早把二书以姊妹篇姿态一齐出版的是香江出版社，纳入到黄维樑主编的《沙田文丛》。二〇〇〇年，牛津大学出版社中文部总编辑林道群很用心地把二本语丝出了漂亮的精装本。自此，这对姊妹篇便没有分开过了。道群兄是香港中文大学的文学硕士，有学养，也有识见，是一流的编辑高才。他为了出版这二本语丝，还以"斯浩"的笔名，对我作了一次对谈式的访问，写了《从剑桥到中大，从文学到社会学》的文章。

《海德堡语丝》之得以问世，全然要感谢散文家董桥的催生。一九八五年，我得德国 DAD 基金会之资助，并应以韦伯学名世的施洛克德（W. Schluchter）教授之邀聘到海德堡大学做访问教授，海德堡是韦伯的故居之地，海大是韦伯学之重镇，而海城山水之美，文物之华，一住下来，欢然有喜，便动笔写了篇感兴小文寄给当时主持《明报月刊》的董桥。董桥兄对散文是眼高，手高，他显然偏爱我的小品文字，第一篇甫刊出，董桥兄的限时快函就来了，劝我"多写、多写"。在董桥兄文情并茂的专函的催促下，我就将一篇又一篇的语丝寄给这位爱文又善于文的《明月》主编手上，《海德堡语丝》这个文集是在这样的文字因缘中诞生的。董桥兄对语丝的文体，青眼独具，称之为"金体文"，写了一篇《"语丝"的语丝》的美文，语丝得知音如董桥者，可无憾矣。

《剑桥语丝》与《海德堡语丝》问世后在港台、内地，我直接、间接地看到好几篇评介的文章。记忆中，最早看到的是文船山在《中国时报周刊》发表的一篇整大版的长文，他显然十分高看《剑桥语丝》，认为我的剑桥小文"写得有诗意，又有历史感，有文学神韵"，文船山对"语丝"的赞誉，无复有加，不啻在说，《剑桥语丝》已写尽剑桥之为剑桥了，我读了文船山的推介，不禁莞然有乐。后来才知道文船山是黄载生的笔名，载生曾是我指导的中大社会学硕士生，他来港前是大陆的文学学士，出过几本书，文才了得，他是在美著名社会学家杨庆堃教授推荐给中大的，入社会学系后，他跟我做研究，我们曾联名在剑桥大学的 *Morden Asian Studies* 等刊物发表论文。毕业后，他去了美国，由于他数学特好，转了行，最后在 IBM 任职，但他一直没有放弃他的最爱——文学。意想不到，载生在八十年代末就离开了这个世界，英年早逝，我每想起他就觉感伤。

文船山评介《剑桥语丝》一文外，梁锡华的《金耀基：〈海德堡语丝〉》无疑是一篇非常认真、有高水平的书评，梁锡华先生是比较文学的教授，是研究徐志摩的专家，是学院派的，但散文写得文采风流，无丝毫拘泥。他对我的"语丝"，有些批评，不无见地，但他肯定也是一个喜欢"金体文"的人。梁锡华说："金体文，可诵。"难得他会这样赞："有文士德性、哲人头脑，且有行政高才的社会学家……'金体文'往往给读者以启迪，又岂只松风明月，石上清泉而已。"最令我暗暗称"是"的是他看到了《海德堡语丝》笔墨用的最多的是写秋和我的"秋思"。他说："作者爱秋爱得浓而不腻，深而晶莹透剔，所以笔触所及，秋，以及与秋有关的一切，往往既蕴藉又空灵。"锡华说我笔下的秋，"和汤普逊（James Thomson 1700～1748）笔下写秋的名篇（*The seasons*）内若干诗句，竟是隔代辉映，情调相类"。最后，他说："处身在宏丽的文学殿堂，金氏书的金光，无疑会长期闪亮于游记文学的一角，即使岁月无情，相信也难把它冲刷掩藏"，我在这里引了梁锡华教授赞捧"金体文"的话，恐不免有戏台里喝彩之嫌，但我确实认为梁锡华是读透我《语丝》难得的知音。写到这里，我不禁有些秋的惘然。锡华兄多年前已回去枫叶之邦的加拿大，生死茫茫，音讯早断。

《剑桥语丝》与《海德堡语丝》是姊妹篇。在我眼中，是不分轩轾的，梁锡华似乎喜欢《海德堡语丝》多一些，牛津大学出版社的林道群兄告诉我，上海文艺出版社收入到《中国留学生文学大系》中的也是《海德堡语丝》，不是《剑桥语丝》。我有些纳闷，他们是怎样区别这对姊妹篇的？我比较感到舒服的是何宝民、耿相新主编的七十卷的《世界华人学者散文大系》他们所选的文字是来自二本"语丝"的。我孤陋寡闻，以"学者散文"为名的文学大系还似乎是首次，虽然"学者散文"这个说法行之有年矣。不过，我仍然弄不清楚是如何界定"学者散文"的？

二本"语丝"的命运真不坏，一路走来，一直受到读书界、出版界的厚爱，《剑桥语丝》出版迄今已三十五年了，《海德堡语丝》也已逾四分之一世纪了，第一代的读者和书的知音，不少已经作古，看来这二本语丝的知音不绝，读者也更多的是新一代的了！最近香港中华书局为纪念百年建局，出版一套由黄子平主编的"香港散文典藏"（繁体字），承中华书局主事人的青睐，典藏散文中有一册"金耀基集"书名《是那片古趣的联想》，所收的文字选自二本"语丝"及近年所写的《敦煌语丝》。就在我为《是那片古趣的联想》选文时，我又结识了一位"语丝"的知音。月前，我接到北京外国语大学的博士生导师李雪涛教授的信。信中说今年是中奥、中德建交四十周年，外国语大学准备出版一本《音乐和艺术的国度——中国人眼中的奥地利》的德文书，以为纪念并示祝庆，李教授希望我同意将《海德堡语丝》中《萨尔茨堡之冬》一文译成德文，收入《音乐和艺术的国度》一书中，我当然是欣然同意的。李雪涛教授是德国波恩大学博士，通过他的译文，《语丝》将会有说德语的读者了，这是我当年写"语丝"

时不曾想到的，我感到高兴。

　　为了志念《剑桥》、《海德堡》二本"语丝"中华版之问世，应焦雅君之雅意写了四千字的"语丝知音篇"。"语丝"得知音，诚是"语丝"之福。惟岁月如驰，"语丝"作者之我，不知老之"已"至，去日苦多，来日苦少矣。然书之于世，有自己之生命，"语丝"而今不过而立之年，其来日之知音，将不复我尽得闻知了。

　　　　　　　　　　　　　　　　　金耀基
　　　　　　　　　　　　　二〇一二年九月二十二日

图书在版编目（CIP）数据

海德堡语丝/金耀基著.—增订本.—北京:中华书局,2016.1
ISBN 978-7-101-10183-6

Ⅰ.海… Ⅱ.金… Ⅲ.游记-作品集-中国-当代 Ⅳ.I267.4

中国版本图书馆 CIP 数据核字(2014)第 105402 号

书　　名	海德堡语丝(增订本)
著　　者	金耀基
责任编辑	焦雅君
出版发行	中华书局
	(北京市丰台区太平桥西里 38 号　100073)
	http://www.zhbc.com.cn
	E-mail:zhbc@zhbc.com.cn
印　　刷	北京瑞古冠中印刷厂
版　　次	2016 年 1 月北京第 1 版
	2016 年 1 月北京第 1 次印刷
规　　格	开本/850×1168 毫米　1/32
	印张 6⅛　插页 24　字数 80 千字
印　　数	1-6000 册
国际书号	ISBN 978-7-101-10183-6
定　　价	38.00 元